魔都买房记

徐平 著

上海文艺出版社

目录

01

楼市狂飙

江晓晓的眼睛里涌满了泪，离别是早晚的事，真到要分开，还是克制不住。浦东机场T2航站楼，来来往往的人，多少的聚散离别。周欣即将被裹挟进人潮中，消失不见。说是有微信，联系方便，可从此天各一方，远不比生活在同一个城市，能随叫随到。

周欣没有哭，表情淡然，有眷恋也有不安，为了迎接全新的生活，她真的从“头”开始，第一次尝试了短发，挺干练，一件红色翻领T恤，衬得皮肤更加白皙。她轻轻擦拭着江晓晓眼角的泪，感觉永远都擦不完似的，她说余博士和豆苗在安检口等呢，她真的要走了。江晓晓哭得梨花带雨，使劲地点点头。

周欣转身离开，走了几步，又折了回来，俯在江晓晓的耳边，轻声说："哦，我那个房子，有什么事随时告诉我。"说完，快步地向着安检口走去。

这托付，倒是让江晓晓一怔，愣愣地站在那里，看着那红色背影渐行渐远，突然觉得一切好陌生，她记忆中那个长发、永远穿着黑白灰正装的周欣彻底消失了。原以为周欣离开这个城市，自己是她最为难舍的牵挂，现在想来，她的房子才是呢！

可这也没什么，江晓晓觉得她理解周欣，现世当下，爱情、友情甚或亲情都会遭遇背叛，可房子不会，尤其上海，一套价值千万的房子，会带来实实在在的安全感，这才是周欣放心离开的筹码。自己不也一样，刚才的伤心落泪，兴许是因为周欣的离开，更多则是感慨这一年被学区房折腾的生活，所以悲从中来吧。一切虽已尘埃落定，可那些经历过的事，不时浮上眼前，让她心有余悸。在上海，没经历过房市的疯狂，都不好意思谈人生。

哎，该从哪里说起呢？5个月前，一个周六的早晨……

江晓晓急吼吼地起床，一根皮筋快速地把头发束成丸子头，套上羊绒毛衣和打底裤，裹着一件快要及踝的藏青色羽绒服，冲进洗手间，刷了牙，胡乱地洗把脸。她想省时间，连热水都懒得用，可冷水着实冰凉，她把化妆水用力地往脸上拍，想拍去这个春天逼人的寒气。头顶上一根白发直直地竖着，像在示威一样，江晓晓狐疑地看了看，什么时候冒出来的？她仔细盯着镜子想要拔掉它，可试了两次，拔出了两根黑发。镜子中的自己很憔悴，她的脸本来就小，标准的瓜子脸，五官匀称，大眼睛长睫毛，高鼻梁，除了不是樱桃小嘴，怎么也算一个美人坯子。现在似乎下巴更尖了，让五官的比例有点失调。眼角、脸颊的妊娠斑，越发清晰可见，生大宝时留下的还没完全退，生二宝又补了一层，本想涂点粉底液，镜中的自己看着有点糟心，江晓晓一眼都不愿多看，她想等买好房子再好好打扮。

她回到卧室，从抽屉里拿出5万现金，揣进包里，心里愤愤地想，今天无论如何要把这钱送出去，不管多烂的房子，只要卖，立马付定金。

她拽了拽还在酣睡的刘昇让他快点起床，刘昇翻了个身，背对着江晓晓，嘟囔着："你烦不烦，什么时候周末能让睡个懒觉？简直没完没了。"

江晓晓直接掀了被子，吼道："还懒觉，我这大半年压根就没睡过一晚安稳觉，睡睡睡，你已经把100万睡没了，赶快起来。”

江晓晓说得斩钉截铁，没半点商量余地。是的，没完没了，江晓晓也知道，可有什么办法呢？她也感觉身心俱疲，但是一天买不成房子，就得继续为此奔波，没有选择。

2016 年元旦前后，上海的房价着了魔一样，疯狂上涨，有时不是一天一个价，而是一天三个价，涨得人心惊肉跳。广为流传的段子就是：房子还没过户就涨了 100 万，一点都不夸张。如果你是捡了便宜的下家足可以偷着乐，如果不幸你是那个上家，悲催的心情也只有身处其中的人会懂。

江晓晓就是那个倒霉的上家，卖了房子，又没买成房子，看着已卖的房子价格噌噌往上涨，而想买的房子却遥不可及，江晓晓感觉被抛进房市的汪洋大海，却不知道哪里是岸。找房看房半年多，体重直接锐减成两位数，这真是意外的收获。好多朋友都羡慕地问：“生好孩子，这么快就恢复啦？”

看着别人羡慕嫉妒恨的表情，江晓晓很无语，说出去别人都不相信，自己真的是折腾学区房瘦了下来。

说是看房，压根也没什么合适的房源，好多时候江晓晓只能抱着瞎猫逮死耗子的心情去碰大运，利用周末到一个个目标小区去踩点，在小区周围房产中介留下联系方式，告诉他们，自己是诚心买家，优质客户，确保一旦有合适的房源，她能第一时间得到信息。

徐汇、静安、黄浦、长宁、普陀等中心城区稍微说得过去的公办小学对口哪些小区，这些小区是哪一年建成的，单价多少，有什么样的户型，江晓晓如数家珍。今天就是她之前踩点的收获，中介小周跟她说，有两套对口实验一小的房子可以看。

八点不到，她就拉着刘昇迫不及待地出门了，开车上中环，半个小时开了 3 公里。江晓晓看着前方，说："周末怎么会堵成这样？"

刘昇阴阳怪气地回了句："估计都去看房的吧！"

江晓晓白了他一眼，有点愤怒："你每次这样讲话，有意思吗？"

刘昇面无表情地回："没意思。"两只手使劲地摁了摁车喇叭，不知道是不是新车的原因，那声音高亢、刺耳。生了二宝，换了辆白色 SUV，说好春天一家自驾去郊游，一次没去成；每周末开车出来看房子，那些被叫做学区房的陈年老房子，周围都是弯弯曲曲的小道，进退不便，停个车就更加麻烦了。可江晓晓着了魔一样，非买不可，他也没辙。

路上走走停停，九点多终于到达目的地，小周已经等在门外了。

江晓晓对刘昇说，“我先下了，你找个地方停车。”

见到江晓晓，小周说：“江姐，我跟你说，今天估计有戏，有一套房子是我们独家，昨天晚上刚刚挂出来，65 平方，420 万，五楼，你待会要是看好，我就帮你约房东出来谈；还有一套房子，六楼，58 平方，380 万，也可以看。”

江晓晓说：“是吗，那太好了，先去看五楼，只要卖，今天就付定金。”看房看到麻木，可一听到有合适的房源，立马跟打了鸡血一样，真是生命不息，折腾不止。

刚开始，一听到五楼、六楼，江晓晓很嫌弃，在楼市超级火爆的当下，她的标准只能一降再降。五楼，有点高，相比于一楼、六楼，已经算求之不得了。她当初还想怎么问来问去，大部分房源不是一楼就是六楼呢？

后来，江晓晓弄明白了，在一房难求的节骨眼上，凡是出来三楼、四楼，基本都会被秒杀，压根就等不到挂网上。很多中介一收到房源信息，立马通知潜在客户，眨眼间就没了，买几百万的房子跟买菜似的，买菜还会讨价还价，买房却价也不还，真是疯了。用中介的话说，他们缺的不是客户，而是房源。

爬上五楼，敲门进屋。房子南北通，暗厅，老式装修，房间有点拥挤，堆满各种杂物。不过这并不影响江晓晓的心情，她要的是一套能挂二宝户口的学区房，买了也不会自住，只要别人愿意卖就 OK。

江晓晓想想就悔得肠子发青，一个月前也是这个小区，四楼，65 平方，才 380 万，她很满意，跟小周说晚上与家人商量一下，如果没问题，第二天来付定金。

到家不久，小周就打电话过来，说：“江姐，那套房子有客户在谈了，你若是要的话，我帮你争取。”

江晓晓说：“好的，那你跟他们说，我们付款方式好，明天就过来付定金。”所谓付款方式好，就是用公积金贷点款，其余直接现金支付。

“不行，人家全款付，你们要贷款，就得加价。”

“我跟家人商量商量。”

当江晓晓把情况告知刘昇，他很不客气地质疑她的智商：“傻博士说的就是你这种人，一看就是中介骗你去买房。跟他说，谁爱买谁买。”

自以为是的聪明，砸出去的却是真金白银。这么短时间，同样的面积已经涨了 40 万。40 万呀，想想每个月银行卡上那可怜的工资，再扣个税，剩下的数字简直惨不忍睹。江晓晓的工作看着体面，说着好听，重点高校的大学老师，房子随便一涨就是她好几年的年薪，感觉心塞得要命，可是人哪有前后眼。房地产市场最精辟的一句话："傻傻来，傻傻买，傻傻挣了几十万；精明算，精明看，精明一年又白干。"江晓晓想何止是一年，她这些年都白干了。

吃一堑长一智，自从那次之后，江晓晓都是带上定金随时准备出手的。然而，付不出去，付不出去呀！话说在这疯狂的日子里，能收定金的房东都是好房东，能不跳价的房东简直就是活雷锋！

看完五楼，去六楼那家，唯一不足就是靠马路，别的尚可，58 平方，小两室一厅，还两房朝南，收拾得很整洁。房东是一位退休教师，年纪大了，楼层太高，想卖掉换低一点的楼层。

看完房子，回到房产中介门店，江晓晓对小周说："你约约看，先约五楼，如果愿意卖，我们就交定金；不行的话再约六楼那家。"

小周答应着，出去打电话了。

江晓晓给刘昇拨电话，接通，"车停好了吗？你直接来门店，我已经看完了。"

刘昇说："没停好，小区进去转了一圈没车位，停马路边会被贴罚单。”

江晓晓莫名恼火，她两套房都看完了，人家老大人连车都没停好。江晓晓说：“路边停了很多车，今天周末，没人管，你就靠边停好了。”

刘昇说：“你别吵了，我再找找。”

挂了电话，江晓晓真是很生气，这几个月她都急得吃不下、睡不着，刘昇倒好，该吃吃，该喝喝，该看球赛看球赛。买房子这种几百万的事情，本该男人管，他非但不管，每每看上什么房子，还得先做他的思想工作，这种分秒必争的事情，思想工作没做完，房子就没了。要真不管倒也就罢了，问题是当江晓晓真做什么决定了，他又会跳出来拖后腿，他会说江晓晓现在头脑发热，不理性。可在魔都买房，女人的感性远比男人的理性靠谱得多。

小周打好电话进来，江晓晓赶忙问怎样。

小周说：“房东叔叔一会过来面谈。”

江晓晓听到这个消息，很激动，说：“真是太好了，等会儿不会有很多人来抢房吧？”

小周摇头，说：“不会，昨天就在我们这里挂了，其他中介还不知道。”

江晓晓松了口气，拍了拍胸口，真是守得云开见月明了。

房东如约而至，江晓晓满脸堆笑地跟对方打了招呼，想着赶快把定金收了，晚上可以回去睡个踏实觉。

刘界停好车匆忙赶来，两家人在会议室相对而坐，小周说：“叔叔，我没骗你吧，签独家，绝对一周内帮您卖掉，您看都没要一周。江姐家房子老早卖了，不是置换客户，您今天收了定金，签了协议，很快拿到钱。”

房东五十来岁，人很清瘦，眼睛有点凹陷，头发稀疏，隐约看见头顶；听了小周的介绍，房东似乎很满意，他可不要置换型买家。他说：“行啊，按流程好了。”

气氛似乎一下子很轻松，听了房东这么爽气，江晓晓满心欢喜，感觉心头一块重石落了地，她直接从包里掏出5万现金，说：“我带定金了。”

小周客气地对着房东说：“叔叔，您先坐会儿，我先跟江姐说明一下情况。”小周示意江晓晓和刘界跟他出去一下，他有事情要同他们商量。

走到门店外面，小周开门见山，说：“叔叔家这个房子是他母亲的，他有三个兄弟，卖了这钱要平分，叔叔的意思是购房合同就写300万，剩余的120万签补充协议，到时候直接给他就好了。”

这两个理科生一下子听明白了，房东就是自己想多拿些，给另外两兄弟少分点。江晓晓对小周说：“没关系，就当做低合同价，还少交点税。”

为了买房，江晓晓也是饥不择食了，她内心是鄙视这种行为的，可这半年世情百态见得多了，觉得也没什么，自己有机会说不定也会起贪念。房东想多拿就多拿吧，她只关心学区有没有用过，能不能正常交易。

倒是刘界质疑起来，他对小周说：“他这样做，其他俩兄弟难道不知道上海的房价吗？”

小周说：“这个昨天我也跟叔叔聊过，他另外俩兄弟一个在美国，一个在云南，他说每人分到 100 万，就会出一份公证函给他。以后这房子跟他们就没关系了。”

江晓晓不解：“公证函干什么用？”

小周说：“有了公证函，房子就可以直接过户，不用本人亲自到场。”

刘界搭了一句：“那房产证上写了几个人名字？”

小周跟江晓晓打交道已经很久，很实诚地回答：“我昨天看到房产证，三兄弟名字都在。这个叔叔，主要是想能多拿些钱给他儿子付首付。要不靠他开出租车的收入，想买套房子确实不容易。”

门外站久了，江晓晓觉得凉气一阵一阵从她的袖口往里钻，她早晨还特意穿的长羽绒服，上海的春寒真是比冬天还冷。

回到会议室，五万块钱现金躺在桌上，纹丝未动，江晓晓多想找到一个新主人，赶快把它领走。看着他们一行人进屋，房东起身，满脸堆笑，这一笑，皱纹积满了额头，江晓晓觉得他不笑还更年轻一点。

小周说：“情况都了解了，要不你们再聊聊。”小周给他们水杯里重新续了点热水。好一阵，谁也没有讲话。

最后还是房东开了口，他说：“我儿子要结婚，看上一套房子，着急用钱，你们今天要是能定下来，我可以降 5 万。”看房这么久，这是江晓晓第一次遇到能主动降价还愿意收定金的房东。

可到底买不买呢？江晓晓还在犹豫，没想到刘昇一口回绝了。他说：“我们确实挺担心过户问题，你兄弟要是知道了实情，不配合怎么办？毕竟上百万，不是小数目，我们晚上回家商量之后再给您答复，好吗？”

五楼的房东悻悻地走了。

江晓晓对小周说："你约约六楼的房东吧！"

六楼那套房靠马路，确实有点硬伤，但那条马路不是主干道，只要隔音玻璃装好，基本不影响生活。最主要这是学区房，对口实验一小，可以直升实验附中，相比徐汇四大公办，实验一小是第二梯队，可保底足够了，再说四大公办的学区房妥妥10万多一平方了，想买也买不起。徐汇是教育强区，第二梯队也都可圈可点。

江晓晓盘算着今天付了定金，两个月内完成交易，5年后，二宝就可以安心入学了。江晓晓已为这个学区房走火入魔，一楼还是六楼都可以忽略不计。正当她美美地筹划时，房东来了，他却讲了一件奇葩的事情。

他说："有一件事情一定要如实告诉你们，我暂时还不能收定金。我确实很想把房子卖给你们这对小夫妻，不过我跟'家家乐'签了独家协议，他们承诺一个月内会把房子卖掉。已经过去半个月了，还有两周，再等等。"

小周说："这种独家协议没法律效力，您可以先收定金，收了定金，安心看房子，两周很快过去，协议一解除，直接付首付。"

江晓晓还没表态，房东掷地有声地说："不行，还是等这个协议时间过了，我做了一辈子的人民教师，对人对己都要负责任。"

上海房价的疯狂上涨部分是政策宽松的刺激，很多房产中介也在推波助澜，独家协议，首付贷，房产市场一片混乱。准确地说，江晓晓也算受害者之一，当她听到房东跟家家乐签了独家协议，想着无论如何也不蹚这浑水。不要房子没买成再惹上不必要的麻烦，那真是亏大了，不划算。

江晓晓对小周说："叔叔说得对，等两周再说吧！"

江晓晓的清醒让刘界有点意外，他本以为她又会着急吧唧付定金。

经过大半年的锤炼，江晓晓也算见多识广，关键问题上还拎得清。比如突然某个房源便宜很多，你就得搞搞清楚，中介也许不讲，这里面一定有问题。江晓晓就曾遇到过，有套房子户口上有个人失踪了，也就是户口永远没法迁出去了，这样的房子再便宜也买不得。

忙活了一上午，再一次没买成，刚燃起的一点小火苗又被浇灭。

小周送他们到门外，说："没事，江姐，这边出现什么好房源，我会立马通知你。"话虽这样说，江晓晓心情还是很沮丧，多少个周末了，满怀希望地奔向一套套目标房源，屡战屡败。而问题是，房子一天没买成，还得继续屡败屡战。

02

“牛蛙”失利

周末，停在路边的车还是被贴了罚单。刘昇狠狠地扯下了单子，驾驶室车门不知被哪个调皮孩子划了道刮痕，他一脸怒气，对江晓晓说：“这种鸟不拉屎的地方，你到底看上什么了？到现在连地铁都没有，幸亏没买，实在太差了。”

江晓晓阴沉着脸，很郁闷，不知道这个架该怎么吵，还有没有必要吵。吵来吵去还是那几个论调，刘昇认为她瞎折腾，孩子上小学，随便读读好了，金子哪里都会发光。像他从没择校过，不是也考上了名牌大学。江晓晓对他这套陈词滥调连一点反驳的兴趣都没有，无论如何，她要给二宝搞套学区房，不能重蹈大宝覆辙。

她也知道此处位置很偏，要不是为了让儿子将来读实验一小，她也不愿意一趟一趟地往这里跑。刘畀还嫌弃，现实情况是压根就没房子可买。

车快速地驶上中环，车内气氛僵持，两人谁都不搭理谁。还是江晓晓没忍住，打破了沉默，她对刘畀说："要不我们回去，把五楼那套买了。"也不知道是不是这句话吓到了刘畀，他使劲踩了下油门，车猛地向前，直接追尾。

江晓晓蹲点了那么久，难得出来一套好房源，她不知道错过了又要等到什么时候。再说怎么分钱是人家家务事，总不会为难她这个买家。

刘畀怒了，吼道："现在你满意了吗？家门口小学怎么就差了，小区很多孩子都在读，是不是他们以后都考不上大学了？"

该吵的架还得吵，跟这种冥顽不化的人没办法正常沟通，也许争吵是高效的路径。

江晓晓觉得自己心中才各种不爽，需要宣泄，她冲着刘畀咆哮："你从一大早就不高兴，摆各种脸色，我告诉你，学区房我是买定了，你同意也好不同意也罢，你的意见在我这里就是空气。”她一字一顿，说得咬牙切齿。

刘界怒不可遏，说：“简直有病，300 万给他们分了，房子不能过户，到时候钱也要不回来，不跟你说了，先弄车。”

刘界推开车门，下去了。

学区房，江晓晓都忘了怎么陷进这个泥淖的，其实她一直以为上海学生考个大学应该很简单，大宝星儿在读大班之前，日子一直过得很逍遥，她脑子里从没有学区房的概念。

他们所住小区的后门就有一所金普小学，学校有一幢非常漂亮的白色教学楼，很宽阔的塑胶跑道，傍晚，小学对附近小区居民开放，星儿小的时候，江晓晓经常饭后带星儿去跑步或者溜滑板车，每次星儿都说：“学校好漂亮，妈妈，我以后是不是来这里上学？”

江晓晓总是说：“那当然，这个学校离我们家最近。”

当时，江晓晓认为小学一定要离家近，孩子长身体，早上可以多睡几分钟，再说义务教育本身强调就近入学。专家不是一直提议学龄前儿童不要去学学科性知识，小学欢迎零基础的孩子，理由是孩子学过了，上课就容易开小差，养成不良习惯，到三年级反而赶不上零基础的孩子。江晓晓相信了这套专家理论，星儿直到读完了中班，识字、拼音、数数什么都没接触过。

上海的幼儿园也很少教知识性的内容，不像江晓晓老家的幼儿园，小班就开始 a o e，算 1+1 等于几，家长认这些东西。她庆幸自己留在了这座现代化大都市，自己孩子不用受应试之苦。她同很多非上海人的认识一致，觉得上海学生考个大学很容易。

江晓晓来上海读大学，她的本地室友告诉她，她们班级一半同学考进了重点高校，自己没考好，进了海大，江晓晓很是受刺激，她可是省重点高中里前几名的学生。她当时好羡慕，上海的孩子真是太幸福了，考不好都能进海大这种学校。

直到有一天，她看到一篇题目为“外地人是如何误会上海孩子都能上大学的？”的帖子，大意说上海中考，一半学生连高中都读不了；即使上了高中，除非特别好的市重点，要不想读个好大学也很不容易。

江晓晓突然想起，她的室友可是来自赫赫有名的上海四大名校之一：上海中学，这所学校的生源可谓百里挑一。有个挺好笑的事情是，江晓晓一直以为“上海中学”是上海的某个中学，压根就不知道那是沪上家长趋之若鹜的名校。

中考惨烈的淘汰竞争，让上海孩子的备考战无限前移，江晓晓做梦都没想过这种前移是从幼儿园就开始了。她终于明白了被专家无限诟病、而被家长认可的“不输在起跑线”的道理了。

有人把上海的幼升小称之为“孩子的高考”，虽有点夸张，也足可以显示竞争之残酷。

人生还未开始，淘汰赛已经拉开序幕，孩子懵懵懂懂，家长必须做好选择。有位作家说，“人生的道路虽然漫长，但紧要处常常只有几步”。“幼升小”就是孩子人生的第一个关键处。

一流的民办小学要考，可毕竟竞争激烈，不是人人都能考取。而想要上好的公办小学，学区房是必需的。比如海大附小，对应的老房子都卖到了 8 万一平方。

星儿读完中班的这个暑假，江晓晓第一次知道自家小区对口的金普小学很差，前几年不是入学高峰，还会接纳一些外来务工子女。人以群分，显然，江晓晓觉得自己的孩子不应该在这样一个群体中生活。

还好，她是海大的老师，可以让星儿去读海大附小，上学是远了一点，为了上好学校，也只能克服困难。

当她跟刘昇说起这事，每每被泼冷水，他指责她们这些女人“没事吓自己，不就是读个书，才小学至于嘛。跑那么远，谁接送啊？”当他们很矫情地在纠结学校远，谁接送的问题时，压根就不知道，没有海大附小的学区房，不是所有海大老师的孩子都能去读的。

江晓晓以人生赢家的姿态一路过关斩将，却没有想过将在星儿就学的第一道坎上，一败涂地。

时间的分界线定格在2015年5月，民办小学面试结束的某个午后。她接到好友周欣的电话，有时候她想，如果没有那个电话，没有那次午后的相聚，自己的日子应该还是一如往常地轻松、悠哉。

后来想想也不对，只要孩子开始读书，这种焦虑迟早要来，只不过周欣的电话让她提前进入了焦虑模式——若你正好又是在上海，这种焦虑会翻番。

接到周欣电话，江晓晓、星儿和刘界正在海大校园里拍外景，星儿紧贴着江晓晓的大肚子，兴奋地说，"妹妹，我是姐姐，我们在拍照片，你要是听到就踢一下。"

甜蜜温馨的场景把摄影师都逗乐了，他说："还是生两个好。"

又听到星儿大叫，"妈妈，妹妹真的踢我了。"

肚子里的二宝8个月了，到底弟弟还是妹妹，江晓晓也不知道，星儿想要个妹妹。江晓晓当年怀星儿的时候正忙博士论文，没拍过孕妇照，十月怀胎，女人的一段特殊日子，一定要留个纪念。海大校园，这里留有她太多青春的印记，再也没有比这个地方更适合当外景了。

接通电话，周欣声音很低，她说："晓晓，在学校吗？我想来看看你！"

江晓晓爽快地应答说："好呀，你来吧！"

周欣是江晓晓的大学同学，她们一起在海大读了本科、研究生，毕业之后，周欣考上了公务员，江晓晓则留校继续读博了。

那个电话，江晓晓并未听出"我想来看看你！"这句话里有周欣无法排解的无助。她一直觉得周欣是一个坚强的人，在江晓晓看来，她简直无所不能。

其实，周欣也犹豫了好久，她知道江晓晓大肚子，身体诸多不便，最好不要有什么额外的精神重负。

自女儿豆苗民办小学面试结束，她一直觉得无所适从，一刻都没有安宁，她居然为了考民办的爱园小学给女儿办了人户分离，这种孤注一掷有点冒进了。前一天面试，看着黑压压的孩子和家长，周欣越想越后怕，今天应该是学校陆续通知录取的时间，朋友圈认识的一些妈妈已经开始晒录取的信息，周欣越发觉得凶多吉少。

她就想起了海大，想起了江晓晓，也许她需要一点心灵的慰藉。

约好在学校咖啡馆见面，周欣进门，江晓晓使劲地向她招手，远远地看见，她依然觉得周欣好美，风衣、高跟鞋、一头披肩卷发，脸庞白皙，身材高挑，正装穿在她身上，气场十足。当江晓晓想着用“你实在太美了”作为见面开场白，周欣已到面前，脸色煞白煞白，着实吓到了江晓晓。她关切地问，“亲爱的，你怎么了，生病了？”

周欣说：“昨天一夜没睡着，我可能犯了一个重大错误，现在觉得右眼跳得很厉害，右眼跳灾，是吧？”

江晓晓并没有听懂她的意思，可她的表情、她的语气让江晓晓知道她出事了。

正在这时，周欣的手机响了，她慌忙地看了下，嘀咕了一句“不会吧”，拿起手机离开了座位，在靠窗的僻静角落接听了电话。看着她那紧张的神态，江晓晓想可能发生的事情与这个电话有关。

是的，确实跟这电话有关。这个电话告诉她，那个最担心的事情发生了，豆苗并没有被爱园小学录取。

打完电话，回到座位，周欣开始泣不成声，眼泪瞬间跟水龙头一样哗哗不止，煎熬了一天，还是等来了坏结果。江晓晓走到周欣的旁边，紧紧握着她的手，明显觉得她的手在颤抖，她的整个身体都在颤抖，谁来安慰一个母亲的无助。

周欣很绝望，说：“晓晓，豆苗可能没学上了，我实在是太大意了。”自责与懊悔写满了整张脸。

江晓晓从周欣断断续续的描述中，似乎搞明白了，她为了让豆苗考民办，办了人户分离，面试失败了，豆苗能上哪所小学只能等统筹。周欣当然清楚，接受统筹生的学校一般都不会好。

当江晓晓得知是这个事情让周欣愁肠百结，她觉得周欣有点小题大做了，上个小学而已嘛。对于民办招生、人户分离、统筹，江晓晓也似懂非懂。当她后来对这些名词烂熟于心，才深深理解了周欣那个午后的绝望。一年后她哭得比周欣还稀里哗啦。

这样的绝望让江晓晓警觉起来，她的大宝，上中班的星儿明年也要读小学了。她只知道要就近入学。当她去家长论坛搜金普小学，吓了一跳，原来这个小学被家长一致认为是本区最差的。

这让江晓晓心落到了谷底，她查了本区排名第一的海大附小的招生简章，上面清楚地写着对口的房产必须户籍满 3 年，且 5 年内只有一个孩子就读。

即使她是海大的职工，孩子也很难就读海大附小，每年会有一些照顾职工子女的名额，那要论资排辈。星儿出生那年，她考虑过买海大一村的房子，那时才 3 万一平方，当时想着上班近，方便照顾星儿。刘昇不同意，他说海大一村的房子，快跟自己年纪差不多了，想想都恶心，可不想让星儿住这种房子长大。后来就买了现在的房子，到海大两站路，房子新一点，住得舒服了，可星儿没学上了，或者说，她实在不愿意让星儿上对口的金普小学。

来上海这么多年，江晓晓第一次陷入深深的焦虑中。原来一切都不是自己想象的那样，女儿还有一年就要读小学了，她该怎么办呢？

03

目标，上民办

买学区房肯定来不及了，想读好学校就只能拼民办。找到了目标，努力就好，江晓晓一直认为朝着既定的目标做最好的努力，即使达不成目标，结果一定不会差，她的奋斗名言是“事事我曾尽力，成功不必在我”。她当年高考目标是浙大，虽没考取，最终进了海大，也算很好了。

江晓晓信心满满地帮星儿制定了备考计划。她的内心有一点小小的自负，她和刘界怎么也算名校毕业生，基因还说得过去，经过一年准备，星儿肯定没问题。

江晓晓不知天高地厚地锁定了沪上口碑较好的文达小学，

开始泡论坛，了解考进这所小学需要做哪些准备。让江晓晓很意外的是，所有看到的案例都是孩子从小班就开始了，什么思维训练、看图说话、各种课外班全排满了。江晓晓想，“我这是太落伍了。”

江晓晓找了大家推荐的几家有名的培训机构，开始打电话。

第一家叫“新世界”，电话接起，江晓晓说：“我们明年幼升小，想考民办，有哪些课程可以推荐？”

对方冷冷地回了句：“没有名额了。”

江晓晓说：“不会吧，不是才5月份，什么时候开始招生的？”

对方说：“我们课程比较热门，一出招生简章，几个小时就报满了。有些热门课程，孩子一出生就来预定了。”

江晓晓心里暗暗地想，“不会吹牛吧，饥饿营销啊。”

后来，对方说：“这样吧，你留个电话，如果有学生临时退出，我们会补录。”

第二家“思学培训”，江晓晓打到前台，重复同样一句问话。

对方工作人员说：“我们课程必须要带孩子来测试才能报。4月份抢报过一轮了，5月份有一次补测，名额有限，到时候在网上抢报就好了。”

江晓晓震惊了，对方一直用的是“抢”字。

一圈电话打下来，没找到一家有名额可以直接报课程的培训机构，有钱，你也不一定花得出去。江晓晓刚踏入幼升小的江湖，有点找不着北，她诚惶诚恐地加入了一个家长群。小心翼翼地问了句，你们宝宝都在读什么课程，可以推荐一下吗？一位家长回了句，现在都 5 月份了，暑期班、秋季班早报完了。

这句话让江晓晓很受伤，心想，那我自己教！江晓晓很不屑，自己怎么也算名校的高材生，难道搞不定上海的幼升小试题？事实证明，她这点水平的高材生还真搞不定。

要让一直接受素质教育的星儿一下子转变到应试教育的轨道上，真比登天还难。江晓晓看到过，考民办小学最基本的要求：

认识 800 字，熟练掌握拼音；

娴熟地进行 100 以内加减法；

会用英语流利地自我介绍并进行简短对话。

这仅是语数外学科性的基本要求，其余琴棋书画等技能，还要全面开花。而此时星儿的水平只能算零基础，10 以内加减法都要掰手指算半天。

江晓晓还是买了教材、教具，准备自己教起来。但 5 岁的娃，真不那么好教。江晓晓高估了自己的能耐，计划是严密的，执行是困难的，延续多年的良好亲子关系，因备战民办小学的面试变得很僵，每每亲妈变后妈。

看到家长群里大家分享的学习成果，江晓晓感到无比焦虑，她不知道别人家到底是怎么教孩子的！

当她一筹莫展，意外地接到了培训机构“新世界”的电话，说综合应试课程空出了一个名额，若需要，下午必须到教学点报名缴费。

泡了一阶段家长群的江晓晓懂得这是难得的机会，挺着个大肚子，屁颠屁颠去缴费，她以为从此高枕无忧了，殊不知噩梦才刚刚开始。

人户分离，有风险，周欣当然很清楚，她做这决定也很有把握：豆苗很优秀，在很多培训班一直名列前茅；最主要周欣认识爱园小学校长，这个校长的丈夫是某生物科技公司的副总，周欣所在的检验所专门给一些公司做技术评估，她帮过他忙。那个副总也是送了个人情，他说周欣家女儿想要上爱园小学，一点问题都没有。

残酷的现实就是，孩子落榜了，学校到底是怎样的一个录取标准，周欣一无所知。

她当时接到的电话就是爱园小学校长打的，一般民办小学只会通知录取的学生家长，没录取不会收到任何通知，三四千学生，学校哪有闲工夫一个一个打过去。

周欣看到那个电话很激动，以为是录取通知，可谁想到是晴天霹雳呢？那位校长说实在很抱歉，今年监管特别严，没帮上忙……什么解释都多余了，周欣瞬间耳鸣，完全听不进去了。

除了爱园小学，周欣并没有留任何的退路，才会有种天崩地裂的感觉，这种打击实在太强烈，她简直恨自己恨得想撞墙，怎么能自我感觉那么良好？除了等统筹，还能怎么办？

那天下午，跟江晓晓告别，周欣习惯性地乘地铁回家。

下班时间，地铁站挤满了人，平日里，周欣只是这蚂蚁般人群里的一员，上班、下班、陪豆苗去上各种课，直至一切顺理成章地成为一种生活方式。陪女儿备考这两年，来来回回都是这条地铁，周欣都能精准地记得每一班的时间。

而那一刻，周欣有点恍惚。还是那趟穿梭于城市的地铁吗？还是那趟她梦中的地铁吗？

上海这个城市，对周欣来说，既陌生又熟悉。她的身体里流淌着上海人的血液，但从来不觉得自己是上海人。她父亲是下放东北的知青，娶了她的母亲，就永久地留在北方的那个城市。本来周欣有机会把户口迁回来在上海参加高考，叔叔和姑姑怕她分割老人的房产，拒绝了。

亲戚之间就那样疏远了。18岁之前，周欣并没有来过上海，可上海是她的故乡，让她一直魂牵梦绕。

她渴望回归，没有理由。高中填志愿，她跟班主任说想考上海的大学，班主任说上海对外省的名额不多，很难考，报省内高校，会更有把握。

周欣只是想到上海看看地铁是什么样子。爸爸对她说过，地铁就是在地下跑的火车，周欣不解，地下到底怎么开挖出四通八达的通道？那时没有便捷的互联网，周欣不知道答案。对于一个北方小城市的孩子，这趟梦想的地铁在她青春的记忆里深深扎根了，远方，充满无限可能的未来，她要去的那个地方曾是她父亲生活过的城市。

她把高考志愿从头至尾塞满了上海的高校，那趟梦中的地铁像魔一样让她着迷，让她抓狂。

回到家，阿姨对周欣说，“豆苗好像很不开心，回来就进自己小房间做功课了。”

阿姨是周欣请的钟点工，幼儿园放学早，每天负责接豆苗回家。周欣听阿姨这样一讲，也挺诧异，以前，每天只要她一开门，就会听到屋内豆苗清脆的声音“妈妈回来啦，妈妈回来啦”。

走进豆苗的房间，她正在埋头写英文描写本，周欣轻轻地在豆苗旁边坐下，豆苗转过头问周欣：“妈妈，我是不是考得不好，爱园小学才不要我？”

周欣惊诧：“谁告诉你的，你当然考得很好。”

豆苗说：“遥遥妈妈说的，遥遥考上爱园小学了，我没考上。”

周欣瞬间泪崩，不知道如何搭话，她匆忙跑进厕所，泪水恣意横流，有一个词叫“心如刀绞”，形容周欣的心情再恰当不过了。

她觉得简直在作孽，让一个 6 岁的孩子参与这场惨烈的淘汰赛，过早地接触成人的游戏规则。在很多同龄的孩子连 1–10 都写不好时，这批备战幼升小的小伙伴已经做得了思维题、讲得了看图说话、玩得转各种七巧板。

在一两年的准备中，在家长潜移默化的陪读进程中，小小年纪辗转于各种课外辅导班，他们也知道所有一切努力都是为了考取某所民办小学。周欣有点恨遥遥的妈妈，遥遥考上是好事，她不该把成人的这种洋洋得意告诉一个孩子，实在太残忍了。

豆苗和遥遥是一个培训班的同学，在最后一次模拟面试和综合测评中，豆苗排名第三，比遥遥好得多。周欣知道，遥遥妈有点嫉妒，每次都会跟周欣套近乎，问周欣怎么辅导，用哪些学习材料。

周欣还很热情地跟她分享。她也很清楚，遥遥之所以能进爱园小学源于人家有一个得力的爷爷。帮了多大的忙周欣无从知晓，也不嫉妒这一点，中国本来就是人情社会，谁有关系却不用呢，自己也是找了关系的，虽然没派上用场。

幼升小，表面上是孩子以某种有条不紊的规则在进行小学入学面试，实际上暗潮涌动，周欣这次是轻敌了，或者是高估了自己的能耐。

周欣思绪混乱，这时听到豆苗怯怯地说："妈妈，你怎么哭了？"

周欣不知道豆苗什么时候站在了洗手间门口，她慌乱地拿毛巾擦眼睛并说道："妈妈没哭，今天乘地铁也不知道什么东西进眼睛里了。"

她在豆苗面前蹲下来，问："晚上想吃什么？"豆苗说想吃披萨，周欣说豆苗真懂事，知道妈妈眼睛不舒服，不太好做饭，妈妈来叫外卖。

30 分钟后，披萨送到，豆苗最爱吃的水果披萨，看着她吃得香喷喷的，周欣想，对上海这座城市，自己只是微不足道的过客，但她是豆苗的唯一依靠，无论如何要坚强，作为一位母亲，给女儿做坚实的后盾。豆苗问妈妈，吃完饭了要做哪些事情呢。经过这么久的准备，豆苗已经习惯了妈妈清单式的功课安排。

周欣却没有说晚上的学习计划，她问豆苗："不用做功课，你现在最想干什么呢？"

豆苗说："想看《冰雪奇缘》。"周欣爽快地答应了，豆苗很开心，周欣看着豆苗满足的面庞，心里似乎释然了些。

孩子总归只是孩子，会敏感、会伤心、会失落，也很快会释怀。晚上陪豆苗一起窝在沙发上看动画片，周欣觉得心暖暖的。

周欣问："你最喜欢《冰雪奇缘》里哪个人？"

豆苗说："我喜欢安娜，她会热带魔法，我想游泳了，她就可以变一池温水给我。"豆苗开心地做了一个蛙泳的动作，然后反问："妈妈，如果你有魔法，你想做什么？"

周欣悻悻地想，要是自己有魔法，就变一张爱园小学的录取通知书。可惜哦，怎样才能拥有这样的魔法呢？

民办录取结束，对于豆苗这种人户分离的孩子，只能等统筹了。可是努力了那么久，周欣有太多不甘心。

04

漫漫陪读路

豆苗被统筹这件事深深地刺痛了周欣，江晓晓感觉她变了一个人，偶尔约吃饭，整个人灰头土脸。她总会很沮丧地自责，连孩子读个小学都搞不定，还有什么用？往往这个时候，江晓晓接不上话，安慰吧，显得特别苍白。

不管怎样，豆苗经过周欣两年精心调教，绝对学霸一枚。想想这一点，江晓晓很是羡慕。暑假开始陪星儿读培训班，她感觉一次次被逼疯，一直散养惯的星儿完全不在状态。

第一次去“新世界”上课，一个半小时，她出来三次找妈妈，一会要喝水，一会要上厕所。江晓晓想，小孩子注意力一般也就 30 分钟，也很正常。可江晓晓又纳闷，为什么别的小朋友不出来？弄得她很尴尬，教室外面坐满了等待孩子的家长，不时星儿就冒出来喊：“妈妈，妈妈，我要喝水。”

喝完了水，江晓晓让她快进去听课，星儿说：“我想玩会手机再进去。”简直太丢面子了，大庭广众下又不好发作，只能恶狠狠地对着星儿瞪眼，没想到，星儿来一句：“你这个样子丑死了。”

江晓晓想那瞬间自己一定是个恐怖老巫婆。这招挺管用，星儿估计害怕，乖乖回教室去听课了。

培训机构服务很到位，家长等待的地方有电视屏幕，直播孩子现场上课的画面，孩子在教室的表现一目了然。江晓晓盯着屏幕，想看看星儿第一次在这种正儿八经的课堂上是什么样子，不看也就罢了，看了简直抓狂。

老师在讲一道什么题，星儿不管不顾地走到黑板跟前，拿起一支水笔画起来，被老师劝回座位。安稳了一小会，让小朋友拼七巧板，老师每人发了一副，黑板上有一副七巧板的图形，小朋友可以照着拼，星儿拿着两个大三角，让尖尖碰来碰去，玩得不亦乐乎——其他小朋友不管是否拼出来，人家都在桌上摆来摆去。江晓晓看着屏幕，真想冲进教室，狂揍她一顿。

带着吐血的心情，终于盼到了下课，老师让每位家长进教室，坐在自己宝宝的座位上，江晓晓大肚子，没办法入座，只能站着听，她感觉自己像弥勒佛一样，特别突兀。

老师说："一节课时间较久，孩子有可能没完全消化，希望家长认真听，回去之后及时辅导。本节课一共讲了 8 道题，一般根据小朋友完成的情况打 A、A-，B，B-，C 五个档次，如果是 C 就属于完全做错。"

江晓晓扫了一眼星儿的答题纸，天哪，6 个 C，1 个 A，1 个 B，江晓晓忍不住以她站立的姿态俯瞰了一下旁边两位同学的答题纸，基本以 A、B 居多。同是 5 岁的孩子怎么差距这么大？

老师一道一道题讲过来，江晓晓觉得也不能怪星儿。

1、2、3、5、__、13

前两个数字加起来等于后一个数字，看到这种题目，江晓晓很震惊，记得考公务员做过类似的题。

准备考民办小学都这么难啊，江晓晓长见识了。可老师说了，这道题除了个别小朋友没做出来，大部分都对，星儿就是那个别小朋友。

星儿得 A 那道题是讲故事，即兴发挥，每个小朋友讲一个故事。老师说有个小朋友特别棒，能把听过的故事一字不差地复述出来了，讲了三分钟，很不错！得了A，全班唯一一个。

江晓晓忍不住窃喜一下，这不就是星儿嘛，这一点确实让她引以为豪，每天晚上雷打不动两个睡前故事，终究有点效果，也让她这颗吐血之心稍许有一点安慰。

其他整齐划一得C的题，有等量代换、分割图形……星儿完全是一头雾水。

分析完试题，江晓晓问老师，星儿是不是表现有点差，老师很不客气地说："蛮差的，估计零基础吧，回去以后多盯盯，这种综合应试最好有点基础来读，要不会很吃力。或者你到前台问问，有没有思维启蒙的课程，可以同步上。"

这反馈让江晓晓很抓狂，培训机构都牛成这样啊，孩子什么都会还要送来让你教干什么！江晓晓心里很恼怒，不过嘴上还是客气对老师说："感谢老师，回家多抓抓，争取下节课表现好一些。"

等电梯下楼，江晓晓问旁边家长："我刚看电视屏幕，你儿子课上表现很棒，一直看他都是第一个完成，然后举手哦。"

那位家长说："今天教得太简单了，都学过了。"

江晓晓忍不住追问一句："哦，是吗，你们什么时候开始学的呀？"

那位家长淡淡地回了句，“小班。”

电梯来了，没法细聊，江晓晓也不敢聊下去了。没有比较就没有伤害，硬生生的比较来了，伤害也在所难免了。出电梯，星儿说：“妈妈，我要吃披萨，不让我吃披萨就不吃饭。”

放在以前，江晓晓会说：“大乖乖想吃披萨当然去吃披萨，跟妈妈说想吃什么口味？”

而这次，江晓晓怒不可遏地爆了粗口：“还吃什么披萨！不吃饭，饿死拉倒。”

星儿被凶哭了，江晓晓没好气地说：“哭什么哭？刚刚上课你都干什么了？妈妈问你，为什么跑到讲台上去了，还有很多题为什么都是C？你认真听了吗？那个数积木的题，妈妈不是一直陪你玩搭积木，怎么能一点空间想象力都没有，气死我了。”

江晓晓想着自己怎么也算是个理科博士，这么好的基因怎么就一点没遗传？星儿一边抹眼泪一边说：“可我讲故事得了A，老师说我表现好。”让江晓晓忍俊不禁。

江晓晓知道自己失态了，刚刚憋了很久，忍了很久，忍刺目的C，忍老师的爱搭不搭，忍其他家长轻描淡写的叙述。作为当年的超级学霸，江晓晓在星儿上培训班的第一节课，着实被打了脸。

晚上，什么动画片、游戏统统靠边，江晓晓拉着星儿老老实实地在桌子边坐下，准备把课上所有做错的题认认真真订正一遍，老师不是说了，回去一定要帮孩子消化。

第一道数字找规律：

1、2、3、5、__、13

江晓晓极其耐心地给星儿讲规律，对于 10 以内加减还要扳手指算半天的星儿来说，搞会这一道题花了 20 分钟。

当江晓晓准备订正第二道题，星儿终于不耐烦了，这个年龄也知道要看家长的脸色，于是，她对江晓晓说：“妈妈，我要小便。”你总不能拒绝这合理要求吧！

江晓晓说：“好的，你去吧，妈妈在这里等你。”

星儿快活地出去了，3 分钟还没回来。

江晓晓喊：“星儿，你好了没？”

星儿回：“妈妈，我在拉臭臭。”

懒人屎尿多，真是见鬼。江晓晓又耐着性子等了两分钟，还不见人影。觉得有点不对劲，她知道星儿都是早上拉臭臭。果不其然，早就跑客厅看动画片了，江晓晓怒不可遏一把拎起她，星儿有点畏惧，大喊：“爸爸，妈妈要打我。”

刘界幽幽地说了句："这么点小孩，你让她做什么作业？哪有小孩不看动画片，你这叫拔苗助长。"

爸爸的话让星儿得寸进尺，"我不要去上课，老师好凶好凶。"江晓晓真是要被这对父女气疯了，尤其刘界，完全不知道现在孩子升学难的行情，报学习班，他跟在后面泼冷水，开始上课了，又继续跟在后面捣糨糊。

江晓晓对着刘界凶了一句："我看你是坐着说话不腰疼。"又凶巴巴地转向星儿，"刘星尔，你跟妈妈好好去把今天错的题订正了。"

刘界整天就会说对口小学上上好了，离家近，方便。可周欣的择校之痛，让她明白，义务教育只是完成义务而已，想择校只能靠家长。

她连拖带拽把星儿拉到桌子旁，星儿不愿意，鉴于妈妈的威严，只能顺从。江晓晓觉得那种数字找规律题之所以不会，在于星儿对 20 以内加减法不熟练。她拿出一本"速算三招过关"，每页上有 30 道题，要求 5 分钟内完成，星儿足足花了 20 分钟才勉强写完。江晓晓安慰自己，能安静坐 20 分钟也算是进步了，一步一步来。

看了 30 道题的答案，江晓晓又要开始歇斯底里了，错了一半！前面 5+4=9，后面紧接着跟了一道 4+5=8 了，江晓晓都搞不清楚星儿到底是会还是不会了……

她找来 9 块糖，一边 5 个，一边 4 个，跟星儿说，你看左边 5 个，右边 4 个，加起来是不是 9 个？那我们调换下位置，左边 4 个，右边 5 个，加起来依然是 9 个。

江晓晓说完，问星儿："你理解了吗？"

星儿说："妈妈，我可以吃一块糖吗？"

江晓晓开始吼："你懂了哇？"

"我懂了，就是换来换去，总数还是 9 个。"

"哎哟，你这思路清爽的嘛，那你刚刚怎么算错了？"

"我用手指不太好数，漏了一个。"

"行，你明白就好，就是这个规律，两个数字相加，换了位置，结果不变。那妈妈给你写两道题，写对了，允许你吃一块糖。"

江晓晓在纸上写了：

6+3=　　3+6=

星儿扳了半天手指，算出了第一个答案是 9，第二个答案是 8。

看到这个结果，江晓晓气急败坏，握紧的拳头直接敲星儿的脑门上去了！你这是花岗岩脑袋，你刚刚压根就没听，是不是？星儿架不住江晓晓的怒吼，哇地大哭。

刘昇赶忙跑进来要抱星儿，被江晓晓阻止了，“你不要在这里装好人，我挺着大肚子陪星儿去上课，晚上陪写作业，你不会研究研究上了什么内容，辅导一下？今天上课的地方很多去陪的都是爸爸。”

刘昇一听，很不高兴：“冲我发什么火？我压根就不同意孩子学这些乱七八糟的东西，你让她好好玩。”

面对这种垃圾队友，江晓晓很无语，摔门出去了。

一天的混乱，江晓晓心里堵得慌。躺在床上，也不知道是不是自己情绪波动太大，小二宝在肚里翻腾不止，江晓晓肚皮薄，感觉孩子的小脚要踢出来一样。想想这烦人的大宝，想想即将到来的二宝，江晓晓瞬间觉得未来的生活一抹黑。离预产期还有两周，最后攻坚战：翻个身不行，伸腿就抽筋，不能站太久，腿肿胀得厉害。

攻坚战之后还有一场持久战等着呢，江晓晓怀星儿那会，整天盼着“卸货”就解放了，生好了想着出了月子就解放了，出了月子想着熬一年断奶了就解放了，终于女儿会走了，想着上幼儿园就解放了……

如今碰到幼升小，才发觉刚刚进入万里长征模式，解放永远都在前方。

可亲生的娃，不管怎么吼，还是要往你身上靠，睡在小床上的星儿又把手伸到大床来了，喊：“妈妈，牵手，你再给我讲个故事。”

晚上陪读的愤怒还淤积在胸，江晓晓没好气地说：“快点睡，妈妈没故事讲了。”

星儿却不依不饶：“要不你就讲乌鸦喝水吧。”

江晓晓知道如果不讲，星儿会无休无止地纠缠，不过星儿就这点好，故事她永远听不够。

一只手给大宝牵着，另一只手摸着肚皮，江晓晓嘴里叨叨着：“一只乌鸦口渴了……”星儿终于在故事中睡着了。二宝似乎仍无困意，继续在肚里狂舞。

刘昇说：“估计小乖乖饿了，想起来吃夜宵了。”

江晓晓想这二宝出来，所有一切还得重新来一遍，真是自作孽，不可活。江晓晓愤怒地踢了一脚刘昇，说：“到底谁决定要老二的？”

刘昇嬉皮笑脸地回：“你亲爹亲妈和我亲爹亲妈都要，我比较身强力壮，就有了。”

夜深人静，江晓晓无法入睡，突然感觉下身有液体流出，她赶忙推推一旁的刘昇，“快点醒醒，刘昇，我觉得我羊水破了……”

05

“二宝”驾到

睡得懵懵懂懂的刘界听到江晓晓的声音，慌忙坐起问：“江大宝，怎么了，腿又抽筋啦？”

江晓晓说：“不是，你赶快帮我看看下面，我觉得好像羊水破了，医生一直叮嘱羊水破了要平躺，打120，要不有危险。”

刘界吓得赶紧开了灯查看，很惊愕地抬头：“羊水是红的吗？我看到底下有红色。”

江晓晓松了口气：“你第一次做爸爸啊，哪有羊水是红的。这个是见红了，那快要生了，提前发动，哎呀，就是晚上你们都气我。”

刘界忙安慰："媳妇，千万别生气，以后你说啥就是啥，那我们现在要上医院吗？"

江晓晓说："不用去，我肚子还不疼，医生说见红没关系，等肚子疼再去医院，你先睡吧！"

生完一个有经验了，遇到什么事情从容多了，不像怀星儿那会，一天一天数着过日子，有点风吹草动就搞得心惊肉跳。江晓晓想着先睡一觉，等天亮了洗个澡，宫缩厉害了就去医院。闭上眼睛，发觉肚子开始一阵阵发紧，隐隐有痛感，江晓晓没想到宫缩这么快就开始了。经验这东西可以帮助你缓解焦虑，可在生孩子问题上，计划永远赶不上变化。

医生交代过，二胎生起来很快，一有动静要立马去医院。江晓晓又推了推刘界，其实他也一直没睡着，或者这些天基本也没睡踏实，江晓晓这阶段动不动半夜腿抽筋，他感觉自己都神经质了。自从江晓晓跟他说妇幼保健院生孩子允许老公陪，他就一直很紧张，他好几次想对江晓晓说能不能不让他去，没敢说出口，凭他对江晓晓的了解，知道说了可能会被数落一通。随着预产期临近，刘界这种紧张感与日俱增。

生星儿的时候，医院不让家属陪，他在产房门口非常焦急地等待过，但没有见证那个过程。他对生孩子这个事毫无概念，仅有的印象就是电视剧里播放的套路，女人满头大汗，大喊大叫，画面切换成婴儿的一声啼哭。那叫演戏，真实的生孩子场面比那要血腥几百倍。

似乎还没做好准备，一切就这样开始了。江晓晓跟刘昇说要去医院生孩子了，江晓晓说你摸摸肚子，开始宫缩了，刘昇摸了摸，肚子硬邦邦，跟石头似的。他赶忙起床穿衣，也许动静有点大，吵醒了在小床上的星儿，星儿坐起来很诧异地说："你们怎么起来了？天亮了吗？"

刘昇说："没有，爸爸要陪妈妈去医院。"

星儿一下子很雀跃："小妹妹要出来了，我也要去。"

江晓晓说："星儿乖，你待会跟外婆睡，等天亮了，你跟外公外婆一起来看妈妈，说不定到时候妹妹就出来了。"

江晓晓怀了二宝，星儿很开心，她想要个妹妹，她说等妹妹出来可以跟她一样穿公主裙，她每天给妹妹扎小辫子。在那之前，她还要求妈妈给她生个姐姐。江晓晓说这事有难度，星儿就要求生两个妹妹，江晓晓说妈妈只能生一个，星儿居然说："那没关系，你生一个，我生一个，不就两个了。"

怀了老二，胎教这事都由老大完成了，星儿每天有模有样地说："妹妹，姐姐给你讲故事了"、"妹妹，姐姐给你唱歌"……

比爸爸还负责任呢！江晓晓和刘界也一直想再生个女儿，一对姐妹花，多好，用刘界的话说，到时候他老酒喝不完。

他们起床的动静惊醒了隔壁房间的两位老人，他们赶快问，什么情况啊，这是不是要生了。晓晓妈说：“那我赶快换衣服，我跟着一起去，让你爸爸在家照看星儿。”

晓晓爸连连点头说好，然后非常惊喜地对晓晓妈说：“提前生，是不是小子啊？”

晓晓妈回：“管他闺女小子，平平安安就行。”

江晓晓说：“这大半夜的，你们俩先睡吧，刘界送我去就行了，你去了也进不了产房，外面连坐的地方都没有。我们先到医院听听医生怎么说，反正也不远，有什么事情随时打电话。”

晓晓妈说：“好的，好的，听晓晓的，一定要注意安全。”

拎上待产包，刘界开车带着江晓晓直奔妇幼保健院。这是2015 年 7 月的某个凌晨，生娃大战就此拉开序幕。

到了医院，挂急诊号，值班医生看了产检记录，问：“现在什么情况？”

“见红了，有宫缩，开始疼了。”

“初产妇还是经产妇。”

“这是二宝，生过一次，顺产。”

“那可能生起来很快，办理住院手续。”

办好手续，换好衣服住进待产病房，医生进来检查宫口，试了试，说已经开了一指了，给了一张疼痛参照表，询问现在疼痛级别，江晓晓看了看，指了指1级位置。

医生离开，一旁的刘界很介意地说：“男医生啊？”江晓晓觉得挺搞笑，她生星儿也是男医生负责的，当时意识还清醒，医生来检查宫口，江晓晓死活不同意，医生还开玩笑说，没有我，可能你今天就生不了孩子了。后来剧痛来临疼得死去活来，哪还有心思管什么男医生还女医生，能帮她把孩子生下来的都是好医生。

有人问女人生孩子到底有多痛。有人形容就是不打麻药，把肚子划开取出孩子的那种痛。吓得很多女人不敢生孩子了，这种事情听听无限恐怖，转念一想，不是那么多女人都生过孩子了？

痛，肯定是剧痛，老人说生孩子就是“儿奔生，娘奔死，关系两条命”，确实是真的。反正江晓晓生星儿痛到麻木，等星儿出来，由于下体被切，医生要缝针，问她要不要打点麻药，还是忍一忍。江晓晓没要麻药，任由针线穿来穿去，她都感觉不到疼了，跟生孩子的剧痛相比，缝针的这点痛实在是小巫见大巫。

虽说女人生孩子是好了伤疤忘了疼，想想还是怕的。自从怀了二宝，找产检医院，江晓晓第一要求能提供无痛分娩，于是就找到了这家挤破头的上海妇幼保健院。江晓晓想第一胎顺产，第二胎也很容易顺，再打个无痛，估计也就没那么痛苦了。她孕晚期天天走路，控制饮食，就是不想宝宝太大，方便顺产。她牢牢记住宫口开到三指可以打无痛，错过了时机，就不能打了。

宫缩间隔时间开始变短，疼痛感逐步加剧了，由咬咬牙能坚持，到使劲抓被褥，再到后来不得不喊叫出来，江晓晓一直意识很清醒，在宫缩的间隙，她对刘昇说："你一定要记住，等开到三指立马让医生给我打麻药。"

医生每来一次江晓晓就说："开到三指就给我打无痛啊。"

刘昇的胳膊被江晓晓掐得青一块紫一块，他无法体会女人生孩子到底是怎样一种撕心裂肺的痛，从江晓晓脸上扭曲的表情看，他知道一定很疼很疼。刘昇知道，江晓晓不是那种弱不禁风的女人，也很少撒娇，她说了，生孩子尽量不要喊叫，得保存体力。她的理性让刘昇很心疼，待产室一共有三位，只有江晓晓一个人算安静的，邻床那位产妇每次宫缩来了就鬼哭狼嚎地喊医生："我不要顺了，赶快拉我去剖了吧！"

一次又一次的宫缩，江晓晓想着，再忍忍开到三指就好了。时间是如此的漫长，疲乏、困倦、疼痛此起彼伏地交织，从进医院起差不多过去5个小时了，天似乎微微亮了，离开到三指似乎还遥遥无期。江晓晓有点绝望，不是说二胎很快吗？都他妈骗人的啊，疼了5个多小时，依然在一指左右，毫无进展。

江晓晓不明白，难道是两娃相隔时间太长的缘故？毕竟大宝已经5岁了。她不知道为啥这样，她只感觉到越来越剧烈的疼痛，剧烈到难以忍受的程度。

江晓晓对刘界说："你让医生再来检查一下，是不是刚刚弄错了，我觉得应该差不多了。"

还没说完，又一阵宫缩来临，又一阵剧痛。刘界赶紧按铃，医生过来检查，这一检查不打紧，医生说开到五指了，准备进产房，后面宫口打开会很快。

崩溃！说好的三指呢，说好的无痛呢？怎么直接就过了！江晓晓想着完蛋了，只能再战斗一次啊！差不多天亮了，江晓晓晕乎乎被推进了产房，对抗每一次宫缩带来的剧烈疼痛。江晓晓知道越是疼痛离胜利越是靠近了，此刻娃也在辛苦地朝下钻。江晓晓想，我要努力，我要把娃平平安安地生出来，这个时候女人就是一只下蛋的母鸡，需要做的就是使尽洪荒之力把蛋生好，没有人能帮你，那个时候女人的能量是巨大的，像火山爆发。女人生孩子，就是完成动物最原始的本能。有人说把一个女孩变成女人的不是男人，而是产房，只有生了娃的女人才会完整。

五指、六指、八指……助产士做好了接生的准备，江晓晓脸上大颗大颗的汗珠往下滴，助产士对江晓晓说："每一次宫缩来了，你就记得要往下使劲。"

江晓晓咬牙示意领会了，一旁的刘界吓傻了，他一次次擦去江晓晓脸上的汗水，心疼、更感到无助，甚至有一些恐惧。他想为什么中国人不信上帝呢？他太想祈祷，祈祷江晓晓和肚里宝宝能够平平安安。

宫口终于开到了十指，产房的气氛一下子紧张起来，江晓晓已经疼到麻木，疼到使不上力了，助产士让刘界给江晓晓喝点红糖水补充体力，江晓晓说她不喝，她能坚持。其实江晓晓不是不想喝，而是她知道如果顺产顺不出来，可能要去剖，剖宫产一般要求产妇四个小时之内不吃东西，她忘记是在哪里看到的这个常识，宝宝还没出来，她需要做的就是不管哪种方式，都要确保宝宝顺利平安。那种情况下的理性也是母爱的本能，跟母狗疼小狗，母猫爱小猫一样。

助产士对江晓晓说："别担心，你这个条件很好，我们已经看到宝宝的头，你喝点红糖水，补充体力。宫缩时，你就向下使劲啊。"江晓晓照做了，可毫无进展。

助产士说："你这个使劲方式不对，我跟你说，就跟便秘时使劲的方式一样。"

那些最美好的花前月下的爱情在产房里都变成了最粗鄙的现实。

宫缩、使劲，再宫缩、再使劲，江晓晓已经有点眩晕。刘界的脸在她眼前漂浮了，忽然一瞬间，身体被掏空了，她不疼了，听到了清脆的啼哭声，那声音好悦耳，好悦耳。那是中午12点，艳阳高照，一个新生命诞生了。

助产士说："快看看，是个弟弟。"这个声音好遥远，经过12小时炼狱般的疼痛，她只想闭上眼睛。

看着毫无气力的江晓晓，看着那个红彤彤的小婴儿，刘界有点手足无措，他深情地摸了摸江晓晓的额头，他要一辈子对这个女人好。男人跟女人的爱情永远是短暂的，经过产房的洗礼，那份爱情就变成牢不可破的亲情——只有亲情才会永恒。

生娃到底有多痛？据说烧伤是10级痛，女人生娃是9级痛，生了孩子的女人都是超人，战无不胜，江晓晓就这样做了两回超人。

当助产士把娃拎到她面前，说“恭喜恭喜，是个弟弟”，江晓晓笑了，她想这辈子再也不用生孩子了。随着她生了个男孩的消息不胫而走，家里长辈的各种反应却让江晓晓始料不及。

06

儿子跟谁姓

兴湖，这个隶属于浙江的县级市，毗邻上海，是江晓晓和刘昦的家乡。他们俩当年就读于兴湖一中，同届不同班，高中三年无数次擦肩而过，却没有机会相识。

缘分真的是冥冥之中注定的，他们一起考进了上海的高校。在一次老乡联谊会上，江晓晓看到姓名册里有刘昦这两字，感觉很亲切，他们在年级排名始终紧挨在一起。

印象深刻是因为江晓晓第一次看见这个名字，压根就不认识这个“昦”字，还特意查了字典，才知道读“昦”(hao，去声)。江晓晓当时想，谁起的名字？故意显摆有文化，在老乡会上见到就很好奇地跟他搭讪，没想到刘界也关注她好久了。刘界说高中有个江晓晓成绩排名一直跟着他，原来那么巧。

江晓晓后来得知，那个有文化的人是刘界的爸爸，一位高中语文老师。刘界说就因为他爸爸显得有文化，害得他一直被人问“刘什么来着”。他说以后等他结婚有孩子了就起最简单的名字。若干年后，他们的第一个孩子就叫刘星尔，估计不会有人叫错了。而且他们充满期待再生个女儿，刘界说就叫刘月尔。他是她们娘仨的太阳，让她们永远过着阳光灿烂的日子。

如今他们生下的是个儿子。江晓晓和刘界都没有意识到这个儿子会给两个家庭带来惊天动地的反应。一年多前他们压根就不想要二胎，好不容易老大熬出来要上学了，实在不想再来一遍，他们甚至写出了不要二宝的 10 条理由。经不住四个老人轮番轰炸，而且星儿特别期待有个小妹妹，每次过家家，她会抱着布娃娃说，要是真的就好了。手足情到底是什么样子呢？江晓晓和刘界都没体会过，想想也真是一种缺憾。他们后来决定试三个月，如果有了就算老天给的，如果没有那就放弃。居然老天眷顾，试了第一个月就有了。

他们本不在意孩子的性别，但是真的生了儿子一切却不一样了。当江晓晓生完孩子还在产房观察，在兴湖的老家，两位

90 岁老人却在为这个刚出生不久的婴儿的姓氏展开争夺，这两位老人，一位江晓晓的爷爷，一位刘界的爷爷。

当江晓晓生了儿子的消息传回兴湖两位老人耳朵时，江晓晓的爷爷激动不已，90 岁的人居然耳不聋眼不花。当即指示江晓晓的姑姑给江晓晓打电话，说让江晓晓当家，这个男孩要姓江。

江晓晓姑姑听到指示很诧异，跟老人说："怎么可能，这是刘家的孩子。"

老人说："为什么不行？这是我孙女生的小子。她不是有两个孩子，老大姓刘，老二姓江，现在好多人家都这样。"

姑姑知道老爷子这块心病，自从知道江晓晓怀了二宝，老爷子主动要求江晓晓的爸妈到上海照顾他们，自己住到了女儿家。估计早打好了小算盘，想争取主动权。

江晓晓姑姑记得很多年前有次邻里吵架，有个毒舌老妇冲老爷子嚷嚷："你看你家断子绝孙了吧！"老爷爷当时操着一把菜刀就冲老妇砍过去了，直接让那老太婆缝了七八针，后来就没有人议论这事了，这块心结估计是深深扎根于老爷子心中了。"断子绝孙"，对于他们那代人，可能再也没有比这更恶毒的话了。江晓晓姑姑想，也许商量一下，说不定可行，这样不也了却了老爷子的一桩心愿？

江晓晓姑姑给江晓晓爸爸打电话说了此事，江晓晓爸爸其实老早就想过，不过嘴上还是说，老爷子怎么一下子动这个心思了，容他想一想。

而在兴湖的刘家，接到刘畀的报喜消息，刘畀爸妈激动得不行，这真是太完美了！儿女双全，这是积多少年德修来的福气啊。

更激动的是刘畀的爷爷，当老爷子听到这个消息再三问刘畀的爸爸："你刚说畀畀家生了个儿子？"可能老爷子觉得像在做梦，他需要刘畀爸爸一次又一次肯定的回答来确定他不是在梦中，不是他老糊涂在臆想，他们老刘家真的后继有人了。

刘畀爸爸每次提高音量跟老爷子确认："是的，小子，带把的。"

老爷子用拐杖不停地敲着地板，颤巍巍地叨叨着："好呀，好呀，我可以安心地闭眼喽！"回到房间，抖抖索索地翻出一个存折，存折上有10万块钱，老爷子吩咐刘畀爸爸给取出来，他要给重孙一个大大的红包。刘畀爸爸说不用了，还是您自己留着。

老爷子说："少废话，赶快取好去上海，我去换衣服。"

老爷子的回答惊到了刘界的爸妈，敢情老爷子是要跟着一起去上海吗？

刘界父亲试探地问老爷子：“您刚说换衣服，这要是去哪里啊？”

老爷子说：“去上海，我要去看看。”

刘界妈妈赶紧过来劝说：“爷爷，您这么大年纪就不要去了，上海离家近，孩子满月回来摆酒，您就可以看到大胖小子了。”

老爷子赶忙摆手说不行不行，我一定要去。

刘界爸对刘界妈说：“要不把老爷子带上，反正开车一个多小时就到了。晓晓坐月子，估计还是希望自己爸妈照顾，我们到了看看就回来。”

刘界妈说：“你这开车水平，上海路况那么复杂，带个 90 岁老人，出个什么事怎么交代？”

老人老早换好衣服在门口等着了，真是奇了怪了，他平时扣个扣子都捣鼓老半天，这一下子怎么这么利索。那个样子就像一个孩子，知道爸妈要出门不带自己，堵在门口看着，真是让人哭笑不得。

刘界妈对刘界爸说：“老爷子要是去了，晓晓估计要不高兴了，你说生星儿的时候怎么不去，这不重男轻女嘛！”又自言自语地说，“不过生小子和闺女就是不一样，我这心扑通扑通地跳。”

刘昇爸说：“确实不一样，这车我还不能开，太激动了。怎么办，要不让刘洋送我们去。”

生之前，双方老人都表示自己很开明，生男生女都一样，确认是小子了，却发觉一切都不一样了。

刘洋开车带着90岁的爷爷和大伯大婶直奔上海。路上，刘洋调侃爷爷实在太重男轻女了，不过他可以彻底解放了，再也不用背负为刘家续香火这么伟大的重任了。

他跟大婶说，每次来看爷爷，爷爷就不停地问他有没有女朋友，什么时候结婚。他就很奇怪，爷爷怎么这么关心我的婚姻大事呢？后来知道爷爷的心思了，刘昇大哥家生了个女儿，估计上海生活压力那么大，也不会生第二个了，就盼着他早点结婚，早点生个大胖小子续上老刘家的香火，爷爷这是对他寄予了强大的厚望啊。

刘洋的话逗得大伯大婶哈哈大笑。爷爷耳朵有点背，跟着一起乐呵呵，不时还要问上一句：“洋洋，这是开到哪了？什么时候能到啊？”

医院下午四点到五点，家属亲友可以探视，江晓晓爸妈拎着熬好的小米粥带着星儿来看妈妈了。路上，晓晓爸对晓晓妈说：“她姑姑刚听到消息就来电话了，老爷子说让小子跟我家姓！”

晓晓妈愤愤地回：“亏老爷子想得出，我就知道生了女儿，一辈子都没待见我。”晓晓爸不敢接话了，他知道如果再说下去估计晓晓妈又要把那些陈年旧账统统翻出来了。

星儿的问话适时转移了这个话题。她不停问，小妹妹长什么样子呀？外婆纠正道：“不是妹妹，是小弟弟，妈妈给你生了个小弟弟。”

星儿就噘嘴，说：“外婆，你骗人，妈妈说了给我生个小妹妹。”

一旁的外公问：“你知道小弟弟和小妹妹有什么区别吗？”

星儿说：“当然知道，男生有小鸡鸡，女生没有，我们幼儿园男生都站着尿尿，我看过好多次了。”

到了医院，星儿看到妈妈床边有个小婴儿床，探头一看，婴儿怎么那么小啊？眼睛也不睁，好难看。

江晓晓说：“星儿看一看，妈妈给你生了个小弟弟哦，你摸摸他的手。”

没想到星儿一下子哇哇大哭：“你们都是骗子，说好生个小妹妹，怎么能生个弟弟呢？我不要弟弟，我要小妹妹……”

一个病房住了三个产妇，晓晓妈怕打扰到别人，连哄带拽地把星儿拉出门去，星儿在尖叫，“我不要这个小弟弟啊……”走廊里很多家属侧目，还以为又是一个大宝不要二宝的案例呢！星儿这个年龄正是“厌死狗”阶段，讲道理半懂不懂，明显跟之前不太一样了。不过对于刚生好孩子的江晓晓，还处于体力透支阶段，完全没心思理会了。鬼门关里走一遭，一下子没什么奢求，孩子能健健康康、平平安安长大就够了。

病房外的走廊上，外公外婆不停给星儿说好话，说将来小弟弟有力气保护姐姐什么的，然后就听到有人叫“亲家”，抬头一看，刘昇爸妈、堂弟扶着老爷子一行四人向病房这边走来。江晓晓父亲看着这画面，烦恼地想，刘家连老爷子都来了，怎么指望这个小子姓江呢！

病房里，刘昇父母和老爷子靠着婴儿床围成一圈，那个激动哦！

刘昇妈妈忍不住感叹：“哎哟，我的大孙子，我的大乖乖，这额头，跟我家昇昇一模一样。”

星儿不知道什么时候从大人缝里钻出来，冲着奶奶喊：“我才是大乖乖，他是小乖乖，你们都喜欢他，不喜欢我了，我要小妹妹，我不要小弟弟。”

星儿的话逗得大人哈哈大笑，刘界妈赶忙说：“星儿说得对，星儿才是我们最喜欢的大乖乖，这个是小乖乖，以后都不许叫错啊！”

只有太爷爷无动于衷，眼睛一直盯着这个重孙，嘴角挂着满足的笑容。站了一会儿，刘界让爷爷坐了下来，把小婴儿抱了出来，老爷爷的手颤巍巍地接，刘界在一边帮衬着，没想到老爷子太激动，老泪纵横，忍不住重复：“真好！真好！真好！”

刘界赶忙接过宝宝重新放回了婴儿床。老爷子的一块心病落了地，他终于活着看到刘家的香火得以延续了。90岁的人，已经到了说走就走的年纪。

探望时间结束，除了刘界留下来陪护，其他人都回江晓晓家去了。刘界对江晓晓说：“爷爷刚跟我说了，给10万红包。”

“爷爷还挺有钱，你们家要是豪门，我都可以母凭子贵了，真有意思。”

“那是，你就是我们家的大功臣，跟你说，爷爷老宅要拆迁，说要给我们的儿子。其实，我刚看到爷爷都来了，很惊讶这什么情况啊！”

“挺好，到时候拆完多分点，给儿子买学区房。”

正调侃，江晓晓电话响了，刘界赶忙接起来，就听到电话那头一个老人的声音：“晓晓，我的大孙女，你现在怎么样了……”

刘界小声跟江晓晓说：“好像是你爷爷电话。”

江晓晓示意把电话拿过来，刘界赶忙把病床稍微抬高。江晓晓接起电话：“爷爷，我是晓晓，您身体还好吧。”

爷爷回：“晓晓，爷爷要跟你说个事，一定要让你家小子姓江，姓江，你知道吗？要不我死不闭眼！”

江晓晓一下子有点懵，电话那头的声音明显呜咽：“晓晓，你奶奶临终前说了，以后晓晓要是生了儿子，要让他姓江，你奶奶走的时候都没闭眼。”

那哽咽声让江晓晓的心瞬间颤抖不已，90 岁的爷爷在这个时候打电话，要知道他这一辈子背负了多重的心事，江晓晓肯定地说：“爷爷，我知道了，放心吧，没问题。”

江晓晓随口这么一说，不知道算一句安慰的话，还是她必须要努力兑现的事？

她理解 90 岁爷爷的心愿，那一代人，名分看得很重。她内心是抵触的，江晓晓知道很多二宝家庭一个跟爸爸姓，一个跟妈妈姓；她觉得不好，生二宝，是为了给大宝有个伴，亲姐弟，两个姓，搞不懂的人还以为重组家庭呢，江晓晓不太愿意。他们的儿子最终取名刘阳尔。

二宝的到来，两家人都很欢喜，累的是江晓晓，再无整夜觉，随时待命，一进一出都要伺候。生娃的疼痛是一次性的，养娃的焦虑却是一辈子的。月子里各种状况，大便次数多了，担心消化不良，次数少了，又得操心是不是便秘，颜色是绿的还是黄的，有没有奶瓣，条状还是糊状，这都很有说法。

出了月子，周欣来看望，把阳阳抱在臂弯里，小家伙睁着大眼睛，盯着周欣一动不动，似乎在思考这个美丽的阿姨是谁，怎么跟妈妈不一样。看得周欣心都化了，做过妈的人，会特别馋孩子。周欣羡慕江晓晓，儿女双全，实在是好福气，她对晓晓说："儿子像妈，这大眼睛长睫毛绝对是你的基因。"

周欣调侃说上大学第一次见到江晓晓，她以为她戴的假睫毛，她说当时有点自卑，江南女孩都这么会打扮，假睫毛戴得跟真的一样，后来才发觉真的这么长，而且江晓晓是宿舍最不爱打扮的一个人。

这些事想想还近在眼前，一晃似乎就人到中年了，这日子过得跟水一样，哗哗就流完了。江晓晓知道，周欣表面上看着乐观，内心十分惆怅，她有时候挺心疼周欣，她努力、上进、体贴、懂事，可命运似乎并不怎么待见她，结婚后，先生就被派驻国外了。

她一个人带豆苗，相比于体力上的辛苦，豆苗考学失利，对周欣的打击才叫致命。江晓晓本想问上学怎么弄了，又有点不忍心提及。可周欣告诉她，豆苗上学问题解决了。

07

结缘，解忧

暑期，周欣带豆苗去探亲，在飞往罗马的航班上，豆苗起身上厕所，小手不小心碰倒了邻座小桌板上的咖啡，直接翻洒到了对方的苹果电脑键盘上，屏幕瞬间黑了；豆苗有点慌乱，吓得快哭了，说："叔叔，对不起。"靠窗坐着的周欣见状，责怪豆苗怎么莽莽撞撞，连忙掏出一包纸巾递了过去，不停说："对不起，实在不好意思，电脑没事吧？"

没想到对方很绅士，说不要批评孩子了，幸亏电脑是新的，这话倒让周欣紧张了下，她说："要是坏了，我们给您赔，下飞机留个联系方式。"对方友善地对周欣笑了笑，说："其实我的意思是新电脑，里面没太多重要文件，万幸。”

说话不紧不慢，声音很温和，周欣忍不住细看了一眼，标准的商务人士，短袖条纹衬衫，微胖，架着一副眼镜，笑起来很友善，似乎又有点特别，周欣也说不好特别在哪里，就是觉得对这样的人不用设防，很踏实。豆苗上完厕所回来，周欣让她坐到了最里边，靠窗，长途飞行，小孩子一会吃一会喝，可不能再碰到人家了。

一杯打翻的咖啡，像是冥冥之中的道具，让两个成人搭起了话，周欣得知对方姓余，八十年代公派留学法国的生物学博士，现为一家美资药企大中华区的技术总监，周欣似乎一下子明白他为何看上去可靠了，做技术的人，整天与实验数据打交道，说一不二。

空姐第一次来倒饮料，问余博士，您太太和孩子要喝点什么？当时豆苗和周欣都戴着耳机，余博士还跟空姐解释他并不认识她们。起飞了三个多小时，他看到周欣捧着一本书，很安静地翻阅，飞机的噪声似乎对她并不造成干扰，这让余博士很有好感。

咖啡洒到键盘，他正在做的项目计划书可能功亏一篑，可看着豆苗和周欣那么诚恳的道歉，他一点怨气都没有，甚至内心有点高兴，这样似乎有了搭讪的机会。

当了解豆苗上小学遭遇了麻烦，余博士想都没想就觉得自己要去帮这个忙，他告诉她自己有位朋友是上海祥云双语学校执行董事，她需要的话可以帮她问问看。

祥云双语，周欣当然知道，学费略高，也比较难进。之所以从没计划报考这所学校，是因为当时她对考上爱园小学很有把握。最后落榜，周欣伤心了好一阵，拿到统筹小学的录取通知书，她还一直想着怎样转学。

余博士既然说了，周欣想着死马当活马医，她也没抱很大希望。探亲结束，回上海，她把豆苗的基本信息发给了余博士，没想到第二天学校就通知去面试了。鉴于常规录取工作已结束，学校让豆苗先以借读生名义入学，过一学期，再把学籍从统筹的公办小学转过来。

平民百姓焦头烂额的事情，很多人只需一句话。周欣觉得欠了余博士一个很大人情，却不知道怎么还。她搞不清楚到底送什么礼物比较合适？

看望江晓晓那天说起这些事，江晓晓还调侃她："送人。"周欣觉得自己又不是十八岁，像余博士这样层次的人，想找什么样小姑娘找不到。周欣倒是发过微信说想请他吃顿饭，余博士回，要请也是他请，还说他就帮个小忙，让她别放心上。

天上掉下个余博士，了却周欣的一桩心事，可星儿这学怎么上？江晓晓真是一筹莫展，民办小学，越了解越觉得没戏。

休完产假，当江晓晓重新规整星儿幼升小的事，内心还很自信，她一直相信天道酬勤，努力会有回报。她想要耐下性子好好陪星儿。新世界的寒假名校模拟面试班即将报名，机构特意邀请上一届考取名校的孩子家长给在读学员分享经验。

那天下班，江晓晓急匆匆赶到分享点，上千人的会场居然坐满了，江晓晓找了好一阵，才看到一个空位子，钻了进去。分享会共请了十位家长，他们的孩子进了世外、上实、盛大、逸夫、七外……都是赫赫有名的小学。

名校情结、望子成龙的家长，台上嘉宾在分享，上千人的会场不可置信地鸦雀无声。江晓晓的旁边坐着一对夫妻，一个负责拍分享的家长做的PPT，一个负责记口述的要点。江晓晓边拍边记，只是没想到别人如此分工明确。江晓晓想，要是她跟刘昇说，他肯定来一句，“这些家长脑子坏了！”

江晓晓一说这些事，刘昇脑子里好像就灌入了水泥浆，硬邦邦的，完全无法沟通。作为俩娃的妈，分身乏术，听着台上各位家长的分享，江晓晓直冒冷汗，她真是太敬佩这些家长的毅力和用心了，她觉得自己名校高材生的一点自信，听完分享会，已荡然无存。

她突然觉得自己有太多的事要做，星儿有太多的功课要补上，相比人家的“牛蛙”，星儿连个小青蛙都够不上。这不怪星儿，屁大点孩子，想出类拔萃，都靠家长盯。跟其他家长一比，江晓晓实在自愧不如。

分享会结束，负责人说第二天早上八点半，在各个教学点可以报名了，请家长根据小朋友自身情况、目标学校选择合适的班级。

回到家已九点多，阳阳睡了，刘昇和星儿窝在沙发里，吃着花生，在看《最强记忆》。见到江晓晓，星儿喊：“妈妈，妈妈，快来看，这个人太厉害啦，他能记住一万个数字。”

江晓晓换好鞋子进屋，在沙发上坐下来，脸色铁青，对星儿说：“你知道一万这个数字有多大吗？”

星儿说：“比 100 还大。”

江晓晓一脸严肃，刘昇很识相地对星儿说：“快去睡觉吧，妈妈生气了。”

星儿大喊：“我不要睡觉，我要把电视看完，爸爸说的。”

江晓晓直接关了电视，把摇控器狠狠地摔在了茶几上。

当别人全家齐心协力备战幼升小，当她下了班还很辛苦地搭公交去听分享会，这父女俩还在家乐呵呵地看电视，江晓晓要气疯了。

星儿睡下了，刘界套近乎，说：“媳妇，你辛苦了，要不我伺候你，高水准服务。”

插科打诨，得分场合，谈恋爱，调调情，说点低级搞笑的段子，有情趣。此刻，江晓晓就想把他踢下床，有多远滚多远。她期待的老公是能安心听她分析升学的残酷性，成为跟她一起努力辅导星儿备考的战友。

门都没有，当江晓晓说：“刘界，我告诉你，你是真没见过那些家长为孩子上学多努力。”

还没说完，刘界直接蒙进被子，“又来了，睡觉！”

江晓晓都没心思生气了，最主要是没时间生气。她要休息，夜里伺候二宝，小婴儿过了百日，不像月子里每两三个小时就要折腾一回，凌晨四五点还是要起来一次，很要命，那时人最困倦。再说，早晨八点半要去报名，十点还有两节课等着上。

要做的事情一件接一件，按计划进行也还好，现实可没那么顺。当江晓晓早晨火急火燎地乘公交转地铁到达教学点，又被眼前的景象吓住了：里三层外三层，江晓晓摸不着北，这队伍从哪里排起？旁边的人说不用排队，先到前台领号，根据号码顺序报名。江晓晓挤过人群，到前台，工作人员在一张小白卡上写了212号，递给江晓晓，头也不抬地说："这次招180人，有可能等到也没名额了。"

江晓晓糊涂了："总共招180人，我这都212了，就是报不上了？"

工作人员解释："可能有人多领了号，也可能有人领了号最后弃报了，各种情况都有。"

江晓晓有点晕，选班级的地方热火朝天，一个班基本10–12人，几乎过一阵小黑板就会写，几点到几点，某名校模拟班已满额，后面家长就不用考虑了。

江晓晓没搞明白，不是说八点半开始吗？怎么一下子就被排到200多号呢？这种问题很白痴。江晓晓后来才知道，很多人五点就来排队了。有个妈妈说，徐汇的教学点头天晚上就有人在那里蹲点了，只有拿到排在前面的号，才能选到心仪的班级与老师。

江晓晓看看手里的号码牌，跟僵尸一样，如果能报得上，等就等吧，问题是希望渺茫。江晓晓对眼前的情况完全零预估，别人的家长怎么就都懂呢，怎么就知道提前来排队呢？

孩子之间所有的差距都是家长的差距，别人做过详细攻略。几点来排队，报什么班，哪个任课老师口碑好……江晓晓有种一切还未开始就输得精光的感觉，孩子以后就是要跟这些家长的娃进行 PK，瞬间觉得“压力山大”。

摆在眼前最现实的问题是，等还不等？等，十点钟肯定赶不回学校了，一时也没法调课。这个教学点离刘畀的公司很近，江晓晓想让刘畀先来排着，她课一上完再赶过来。江晓晓给刘畀打电话，打通，被挂掉，再打通，又挂掉，江晓晓怒不可遏，手机弹出一条微信：“媳妇，我在开会。”

江晓晓想开屁会，回了条：“速回。”

刘畀也不知道出了什么事，赶忙回拨，等江晓晓把意图说了，刘畀都想摔电话了，他嚷道：“饥饿营销，炒作，就骗你们这种无知的家长，做个 APP 分分钟的事情，还要排队报名。”说完挂了电话。

江晓晓僵在那里，这些家长都是无知的吗？看着不像，看着都像高知。是的，确实都是高知，星儿班里一位同学的爸爸当年还是中科大少年班的学生，而且人家爸爸还亲力亲为。

就在江晓晓打电话的间隙，她看到这个爸爸报好名，对她点头微笑，江晓晓挂了电话，打听别人报了什么班。这个爸爸说报了某实验小学冲刺班和名校面试模拟班。他说六点来排队，有点迟了，没有报到好老师的班，江晓晓简直无地自容，都想钻地缝了。

同样都是爸爸,差距怎么就这么大？好爸爸总是别人家的？

当你一无所知，从众就是最好的选择，她问工作人员，往年像她这种 200 多号估计要排到什么时候。

对方说：“下午 1 点吧。”

江晓晓心想，时间还好，打个车先回去把课上了。乘电梯到楼下，一位中年男子来搭话：“这位家长，我有一张 55 号的，你现在上去就可以报名。”

那个人掏出小白卡，江晓晓看到上面赫然写着 55 号。中年男子为了打消江晓晓的顾虑，说：“我不骗你，你可以先去报名，报好了，给我五百。”

江晓晓有点病急乱投医，五百就五百好了，她欣然同意，无论如何，这个号让她能报上名。上海的黄牛真是无孔不入，小孩子报个课程班还有黄牛，让江晓晓头一回见。

折回教学点，报名缴费，她迅速圈了中科大少年班爸爸选的两个班级，她想有差距没关系，可以向牛蛙看齐嘛。负责登记的工作人员把信息输入电脑，反馈道，刘星尔不符合报实验小学冲刺班的条件。

江晓晓一头雾水，报个班还需要什么条件啊？

工作人员说："根据小朋友暑期到现在的一个应试课综合排名确定，刘星尔排名偏后，不能报。"

周围都是家长，江晓晓感觉脸火辣辣地烫。有家长说："实验小学太难了，全上海才招几十人，还要网筛、机考……"

有家长搭话："是啊，要一轮一轮淘汰，我们连打酱油的资格都没有。"

江晓晓想着这么复杂啊，自己压根就不懂，她觉得在这个地方无知得就像个傻子，可这不能怪她。刚从伺候二宝的泥淖中挣脱一点点，她哪知道幼升小的套路会这么深。她像一个不会游泳的傻瓜，被扔进了大海，别人都在恣意游弋，自己却在那里瞎扑腾。

江晓晓糊涂了，她完全不知道按他们标准，星儿还能报什么班。工作人员说那个名校模拟班可以。那就报吧！开好单到缴费处，缴费的地方大排长龙，原来要求全部缴现金，一门课程好几千，有些人报了两三门，一下就是上万元。最后验钞机都坏了，工作人员说大家把费用装进信封，他们会一一核对。还好，楼下有银行，江晓晓取了一沓现金，给了黄牛五百，其余装进信封，签上名字，交给了工作人员。幸亏验钞机坏了，要不排队缴费不知道又得等多久。

一大早信息实在太庞杂，她都没空细思，她只希望出租车开快点，上课不要迟到。车窗外高楼林立，这里是魔都，只要你愿意努力，愿意钻营，哪里都能挣钱。黄牛排了两个号，轻轻松松挣了一千，她想想自己这个大学老师，还不如黄牛！

江晓晓内心对自己充满了轻蔑与嘲讽。她想刘界说得对，为什么培训机构不能开发个APP，网上报名缴费，支付宝、网银方便得很，还收现金，搞得家长苦不堪言。难道真是饥饿营销？若是，她想报个实验小学冲刺班都不让报。

线上还是线下，本质都一致，线上要靠秒杀。归根结底，任何优质资源，都要靠拼，靠抢。江晓晓觉得自己实在不是一个愿意拼抢的人。不拼不抢就能万无一失地上个好的小学靠什么？只有学区房了。江晓晓想，无论如何得先给二宝搞套学区房——这又是另外一场厮杀了。

08

卖房容易买房难

深秋时节，校园主干道的两排梧桐树上还零星地有几片树叶悬挂，大部分都落完了。春来秋往，绿了黄，黄了掉，年复一年，江晓晓太熟悉这里的一草一木了。她很喜欢这种简单而朴素的生活，图书馆里查查资料，小河边散散步，与一群朝气蓬勃的青年谈谈理想聊聊天。

说到理想，江晓晓研究生毕业参加了公务员考试，顺利过了笔试和面试。当然，博士研究生的录取通知也下来了，江晓晓很纠结，到底做公务员还是继续读博做穷学生？她问刘昇怎么选。

刘畀想都没想，说：“继续读博呀。”

江晓晓问为啥。

刘畀居然说：“女博士难嫁，只能我收了，这样我比较放心。做公务员，像你这般貌美如花，被领导潜规则怎么办？最主要我们老刘家还没有博士。”

江晓晓简直笑岔气了，倒是很多人劝她去做公务员。包括她的父母，上一辈人认这东西，铁饭碗，稳定，一个女孩子读那么高学历干什么？最终，她还是听从内心的召唤，读博了，她一直觉得自己比较简单，不太适合应付复杂的人际关系。她喜欢泡在纸书堆里、泡在文献里、泡在实验室里，看起来都是冰冷的介质，可那是一群优秀的人写出来的、总结出来的、造出来的，这种乐趣，也只有沉浸其中做学问的人会懂。

她有一腔理想主义，觉得自己是要成为中国的居里夫人。读博第一年，结婚了，也只是领一张证而已，生活并没有太大变化，刘畀下班会到学校，两个人食堂吃好饭，手牵手沿着小河边散散步，保持着校园情侣般的单纯，那是一段神仙都羡慕的日子。

青春飞扬的理想，在现实面前捉襟见肘。海大一村的房子单价 8 万了，相较她刚来海大，整整多了一个零。她想，要是毕业去做公务员，早点接触社会，她可以早务实一点。

她在一家中介店驻足，一个小伙子出来，殷勤地问："姐，想买学区房？"

江晓晓说："有什么房源？"

小伙子说："姐，有两套，一套 40 平方，六楼，没户口，你买了随时可以迁入；还有一套一楼，59 平方；这家孩子刚读一年级，您孩子多大？5 年以后可考虑。"

江晓晓说："你好厉害，了解这么清楚！"

小伙子说："我在这里三年了，都冲海大附小来的，要不谁花几百万买这老房子。"

江晓晓会心一笑，现在干什么都很专业，句句话说到她心坎里去了。是啊，花几百万买这老房子不就是为了老二有个保底学校嘛。

江晓晓追问了句："有其他楼层吗？"

小伙子说："没有，出来一套抢一套，要不先看看那两套？"

江晓晓没有兴趣，这里的户型，她了解的。

小伙子说："姐，我们加下微信，有房子出来，我发您。"

一口一个姐，叫得跟亲姐似的。

晚上辅导星儿功课，江晓晓在心里默念："娃是亲生的，不要发脾气。”

网上流传的一个段子曾被很多妈妈疯转，大意是陪读妈要时刻默念娃是亲生的，实在表现不好，也要责怪自己，娃的基因遗传自他爸，谁让自己当年没有火眼金睛挑个高智商的老公，千万不能怪娃。

一道“等量代换”：一架天平上，左边放了一只小兔子，右边放了两只小鸡，平衡了；另外一架天平上，一边画了两只兔子，问另外一边应该画几只小鸡。题目给星儿解释完，这么简单的问题，江晓晓满心期盼星儿的答案。

星儿说：“妈妈，这不可能平衡，小兔子和小鸡会动来动去。”

说得没错，江晓晓想，千万不能凶，她耐着性子，说：“星儿说得对，这个题出得不好，我们把它改一下，一边放苹果，一边放两个小橘子，这样就好了。”

星儿又较真了：“可是苹果圆的，会不会滚下来呢？”

江晓晓的耐心在一点点消磨，忍住怒气，问：“你想放什么？”

星儿高兴地说：“放棒棒糖，一边放大棒棒糖，一边放两根小的棒棒糖。”

江晓晓将就她，说：“也行，那现在一边放两根大的，另外一边应该放几根小的呢？”

星儿答非所问：“妈妈，还是放积木比较好。”

江晓晓崩溃了。遏制不住地对星儿咆哮：“你故意的，是吗？”星儿却不依不饶，“你说过不对我凶，又凶了，我不做了。”

说着把铅笔一扔，跑走了；江晓晓盯着计划清单，10 道思维题、读一个故事、做一篇看图写话……一道题就搞成这样！她还加入了一个打卡学习群，群里有妈妈晒作业，人家宝宝把四只小鸡有模有样画在了天平上。

标准答案就对了吗？当孩子们开始找到了标准答案的规则，是不是会越来越没灵气了？星儿说得没错，小动物在天平上当然会动。她觉得出题人也就瞎编，她把她的想法发到了群里，一个妈妈说题目很好，孩子们都喜欢动物，这样增加趣味性。

题目都一样，怎么教和引导可就考验家长的智慧了，这样看来，她倒不怪星儿了，她来到客厅，星儿坐在沙发上玩 iPad，看到妈妈过来，立马按了暂停，她想妈妈估计又要凶巴巴地拖她去做题了。

看到江晓晓一没凶，二没狠，而是在自己旁边坐了下来，星儿讨好地说：“妈妈，那个画四只小鸡就好了。”江晓晓很惊喜，原来你懂的！

没凶的妈妈可爱多了，星儿主动说：“我们去读故事吧！”江晓晓喜出望外，跟星儿手牵手进了书房，她想，自己学霸基因，星儿怎么也会遗传些的。

幼升小要准备，学区房也得关注。临睡前，她试探刘昇，说白天去看房了，海大一村一套二楼的房子，400 万。把他们那套小房子卖掉，公积金贷点款就够了。

刘昇正在回邮件，似乎没听江晓晓在说什么，啪啪地敲着键盘。江晓晓用手指戳了戳他胳膊，“跟你说话，听了没？”刘昇嗯啊着，头都没抬。

江晓晓有点生气，直接拔了电源，大声嚷道：“听没听啊？”

看着一下子电脑黑屏，刘昇双眼怒睁，“江晓晓，你神经病啊，刚都没保存，美国现在是上班时间，我给客户发重要邮件，你知不知道？”

江晓晓一点没悔过，说：“我不知道。”声音很尖，很刺耳，“你忙为了什么，还不是为了小孩，都没学上了，你就一点不着急？”

刘昇一副懒得搭理的表情，重新打开了电脑，江晓晓接着说：“等你发完邮件，我们得好好讨论讨论。”

刘昇觉得江晓晓自从说要让星儿考民办，变了个人一样，生了老二，不知道哪里受了刺激，吵着要买学区房，以前绝对是只读书，啥事不管的，女人当了妈实在太可怕。

刘畀发完邮件，关了电脑，看着江晓晓，那个美丽的姑娘变成了中年妇女，实在有点不可理喻，他知道，不听她说，觉是没得睡了。他问江晓晓，“你刚说要买哪里学区房？”

江晓晓气呼呼回了一句：“海大一村。”

刘畀噗嗤一笑：“不会吧，那种破房子，都快 40 年了，说不定哪天倒塌了都不知道。”

江晓晓说：“你别那么夸张，有些 87 年的，还好啦！”

刘畀讥讽了句：“还 87 年，80 后呀。”

这哪是讨论问题，明显来拆台的。江晓晓想还嫌这嫌那，压根没房子可买。她白天问了好几家中介。

家里的事，总要商量，江晓晓诘问他，“那你到底怎么想？”

刘畀冷冰冰地回了句：“整天忙得要死，没空想。我这辈子不想再弄房子了，对口哪个小学就读哪个，我对学区房没兴趣。”他的脸上写着一万个不愿意，他说工作十多年，好像就做了一件事，攒钱、还贷款，还没消停，又要去搞什么学区房。

刘畀说得也没错，江晓晓能理解，这么多年，她活在云端，是刘畀撑了这个家，搞了两套房，也不容易了，这样一想，她就不那么怨恨他了。就这样安安心心地过日子，江晓晓也不想折腾。

夫妻两人背对着背，各自睡去。第二天一早醒来，江晓晓看到一条微信，猛地坐了起来，海大一村中介发来的，新出房源，有套二楼小两房急着置换，让她有空去看房。

她赶紧拉了拉身边的刘界，说，“今天去看房，海大一村出来一套二楼。哈哈哈。”江晓晓有点得意，头天晚上明明说好不折腾，刘界也搞不清楚她唱得哪一出。他老大不情愿：“要看你去看，要买你去买。”

谈到这个问题，刘界就这态度，让江晓晓恍惚是否嫁错了人。一个家庭，总归要有一个明白现实的人，两个孩子要读书，没学区房怎么行？

骑着电瓶车到海大一村，12 月的初冬，微凉，每到这个季节，人的视线就没清晰过，中度污染都算好的。江晓晓想，也不知道这些脏物吸进去最终会产生什么后果，想想太可怕，人连呼吸都不自由了。什么叫要钱不要命，也许这就是吧。此刻的江晓晓被裹挟到现实的巨大洪流中，自己一个大学老师，骑着2 000元的小电驴，去看400万的房子，江晓晓觉得特别滑稽。

这套两房还真不错，房东说，这是他父母的房子，他们是海大退休教授，年纪大了，想搬到郊区去，看上一套别墅，急着置换。江晓晓说自己也是海大老师，房东说那太好了，他们一家对这个房子很有感情，住了几十年，要是卖给江晓晓会特别安心。说得无比煽情和诚恳，都有点感染到江晓晓了，二楼，采光也不挡。即使不住也很好出租。

江晓晓很满意，觉得卖家是诚心卖房。晚上，她跟刘昪讨论，让他抽空去看看房，刘昪依然没上心，拒绝了，还是那句话，你想买就去买。

几百万的事情，江晓晓也有点没底，她给周欣打电话，说了房源信息和置换的想法，让她帮分析分析。周欣说，很好呀，这事情宜早不宜迟，学区房一定要有，我们没权选择学校，也没权选择老师，唯一能做的就是买学区房。不用太纠结，义务教育就近入学的原则肯定不会变。

周欣的提醒像定海神针，让江晓晓一下子心安了。她想第二天就去付定金，签协议，然后把自己的房子挂出去。

第二天，让中介约了房东，准备付 2 万定金。江晓晓给刘昪打电话，说她已经付定金了，跟中介也谈妥了，付一个点的中介费就够了。刘昪很淡定地说："只要你觉得好，你就定吧。"

要是放结婚前，这话听着会无比暖心，有了俩孩子，这话听着怎么都怪怪的。江晓晓也管不了那么多了，给儿子买好学区房，她就能心安了，这是她的头等大事。

江晓晓想把自家小房子挂出去，最好能在一个月内卖掉，这样就可以顺利交接了。她把自家60平方小两房出售的信息告诉了一个房产中介，二楼，挂了310万。江晓晓想人家总归要还还价，到时候零头去掉就好了。不到5分钟，所有中介都知道了，约看房的电话接连不断，江晓晓开始还会耐心解释，房子里有租客，周六上午会安排统一看房，电话实在太多，直接关了手机，这么多电话让江晓晓特别烦。

江晓晓想刘界同不同意都没关系，他不就怕麻烦，这次不要他出面，既不要他出钱，也不用他出力。江晓晓算过，小房子卖掉，用她公积金贷点款就好了。她想尽快买好，有了海大一村的房子，年限虽不够，托托关系，说不定星儿也能进海大附小。豆苗那么优秀，考民办都没录取，星儿冲民办估计更加悬。

江晓晓一根筋，执意要换学区房，只是刘界挺诧异，怎么这么快在办公室就接到很多房产中介电话约看房，他打江晓晓电话，关机，他搞不清楚什么状况。他打了办公室座机，接通了，刘界说："你怎么都没跟我讲一声，就留我电话，一堆人约看房。"

江晓晓挺诧异，她明明给中介留了自己的手机号码，她突然想起来，说：“房子出租留了你电话，我刚关机了，中介就找到你了。”

一切超乎寻常的顺利，房子挂出来第二天，就被一对夫妻买走了，既没还价，直接付 5 万定金，还说他家首付准备好了，随时要随时付；唯一条件就是让江晓晓不要再给别人看房了，江晓晓想着都收了你家定金，怎么会再给别人看，他们约好第二天就签协议。

她一直担心房子卖不出去，海大一村房东没耐心等，这下好了，江晓晓觉得自己运气一向很好，想什么成什么，上天真是太眷顾自己了。路边遇见一个乞丐，她毫不犹豫地掏出一张 10 元纸币放了进去，习惯听硬币哐当声的乞丐吃惊得都忘记说谢谢了，走出好几步，江晓晓依稀听到“谢谢好人”，她举起右手伸向空中，摇了摇，她想告诉乞丐真的不用谢，她想感恩生活。

三个月内完成交易，一交接好就把两个孩子户口迁进去，至少二宝读书不用愁了，海大附幼、附小、附中，一次性都搞定。

回到家，她抱起二宝，对着这个小不点扮鬼脸，说：“妈妈帮你买了学区房。”

这时，电话又响起，是房产中介的，江晓晓按下接听键，说：

“不要再打了，房子已经卖了。”

中介小伙说：“不会吧，江姐，我这里有人全款付。”

江晓晓不耐烦地强调：“已经卖了。”

小伙子依旧不依不饶，“没事，你可以退定金，你就挂的那个价格卖啊？我这里有客户愿意加 10 万。”

江晓晓直接挂了电话，想着这些中介真是信口开河。

这么火爆的场景并没有引起江晓晓的警觉。2015 年的 12 月，魔都的房价一直狂飙，根本没停下来的迹象，中介真没瞎说。

09

“良心上家”

小房子买的时候才 80 万，三年不到，都翻好几倍了，要不置换，哪买得起海大一村的房子。

江晓晓一门心思想着快点走完交易流程，未曾想一个电话把她所有设想归零，海大一村的中介来电说：“江姐，跟你说个事，房东说房子不卖了。”

江晓晓无比震惊，不是都付了定金了？

定金又不是协议，当然可以退，别人还真的双倍退还她，四万，中介让她有空去拿。

江晓晓要急哭了，这个变故实在有点猝不及防，她问为什么。她说她房子已经卖了，中介说："今天周末，看房的人有点多，好像有人多出了 20 万。"

刚卖了房子却遭遇了违约，江晓晓感觉像坐过山车，从巅峰到低谷，眨眼间，江晓晓觉得脑袋短路，这喜喜悲悲转换太快，她仿佛心脏快要爆炸了。

一股莫名的怒火冲上脑袋，她记得海大一村房东是海归，彬彬有礼，她想人家爸妈是教授，知识分子家庭长大的孩子就是不一样，可惜呀可惜，在利益面前，什么海归、教授、白领，要钱不要脸的多了去了。

她跌坐在沙发里，呜呜大哭，倒是刘昇觉得幸亏海大一村房子不卖给他们，是好事情。江晓晓本以为他会责怪她瞎折腾，他之前压根就不同意换。他说海大一村房子只海大老师才有资格买，不能对外交易，真买了以后说不定被套牢呢！

刘昇心态真好，这种时候居然不急不躁还能给出这种理由，真是自我安慰了。若不是为了买海大一村房子，谁去卖房子呀？江晓晓似乎一下子开窍了，像是自言自语又像是跟刘昇说："我知道他们为什么付 5 万，是不是现在房子比较抢手，害怕我们违约？"

一件简单的事情，突然变得异常复杂，她只想置换一套学区房而已，谁知横生枝节。

买房的下家是一对外地夫妻，看房大半年了，见着房价一路飙涨，上海有规定，外地人必须社保满年限才有购房资格，半年前，他们社保还差几个月，看到一些好房子却不能出手，自己攒的那点首付本来够买80平方的，现在只能买60平方了。

他们就租借在江晓晓家那套小房子所在的小区，对各种房型了如指掌。小区1996年建造，很多户型面积不大，很实用，得房率高。江晓晓家这小两房朝南，有个暗厅，采光不挡，前面有横穿一条小区的马路，旁边是一所幼儿园。

江晓晓是稀里糊涂卖房，买房下家已经看了大半年，对这一地区情况非常了解。江晓晓不知道，那边小两房都挂到330–350万了，自己为什么挂310万，是江晓晓脑子有问题吗？当然有点，都说一孕傻三年，江晓晓也想自己是不是正好处于孕傻阶段。其实也不是，这种小区户型小，总价低，江晓晓想去网上找几套，了解价格，没有找到任何可以参照比较的房源。

她去附近几家中介问了问价格，她说想快速卖出去挂多少钱比较合适。别人给她答复300万左右。她想一家中介不可信，好几家中介都这样说，估计差不离。她的心里装满了对学区房的期待，完全不知道这套小房子已经是块宝了。而社保年限不足而不能购房的下家是知道的，他们已浸在房市半年多，看着房价一路飙涨，心惊肉跳的感觉已体会多时了。

当看到江晓晓家这套房子，简直喜出望外。他们也没搞清楚这套房型好，楼层不错，为什么挂得这么低。他们自己租的那套小两房，南北通，过道厅，六楼，他们试着表达购买的愿望，房东说要 340 万。

江晓晓家两套房都买了好几年了，一套结婚时候买的，一套是准备以后让老人来住的——他们购房目的很简单。可上海的房子却有强烈的资本属性，除此，还附带着强烈的资源属性，比如学区房。

怎么办呢？突然出这种幺蛾子，让江晓晓辗转难眠，睡不着，下半夜困倦得不行，脑子又似乎十分清醒，她失眠了。她想把定金退了吧，那可是要退 10 万的，江晓晓有点心疼，她开始自责。不过别人也多退了 2 万，这样一算损失 3 万？ 3 万，两个月的薪水，觉得郁闷。可是不退，一下子到哪里买房子呢？房子已经卖亏了，房价还在涨，这可是上百万的损失，3 万亏得起，上百万可是大数目。

她愁成这样，一旁的刘昇却鼾声均匀，一副盛世太平的模样，她忍不住推醒了他，说："明天把定金退了吧，本来要换房，可是别人不卖了，那我们也只能违约了。”

“行，明天你去退。”说完翻了个身，继续做他的春秋好梦，完全事不关己的态度。天微亮，江晓晓睡得迷迷糊糊，刘昇倒清醒了，他说：“房价有些疯狂，把定金退了，退定金的损失看得见，买不成房子，这个损失就不知道了。”刘昇想这些年就贡献给上海的房市了，他的收入很可观，可与上海房价一比，就小巫见大巫了。

早晨，他们一起去了中介门店，准备把定金退了。想着跟下家解释解释，这个协议签不了。下家是一对老实夫妻，看到江晓晓，露出讨好的微笑，也许都是老实人，不擅伪装，那笑就往心里钻，她突然不知道怎么开口了。

这时，房产中介门口有人大吵起来，争执得很厉害，最后双方拳脚相加，有人大喊，赶快打110。大家面面相觑，中介小伙子说，别人付了首付，房东看房价涨得厉害，要加价，已经加过一次了，下家也同意了，本来今天要去过户，房东又要涨价，下家不愿意。房东说不加价就不卖了，下家说不卖就去告他们。

江晓晓说：“这样啊，我们看上一套房，人家也不卖我们了。”然后无奈地对着下家的夫妻说：“实在不好意思，我们的房子也不打算卖了。定金退给你们，十万。”江晓晓从包里拿出一沓现金放到了桌上。

两个人起身离开，谁都没想到，下家一对夫妻扑通一声，跪在他们面前，声泪俱下，弄得他们俩手足无措。女的说：“求求你们，一定要卖，我儿子马上要读一年级，没有房子，他只能回老家上学了，就成留守儿童了。”说这句话时，哭得撕心裂肺。

江晓晓没见过这架势，都是女人，当妈的，瞬间内心柔软。她说：“不管卖不卖，你们先起来，好吗？”那对夫妻却依旧跪在那里，小小会议室陆续聚集了很多人，有中介，有客户。有人提议，现在这行情，这个房子确实卖得便宜了，要不再加个价。

下家那对夫妻连忙起身，妻子说：“对对对，我对这个价格很了解，再加 30 万。”

中介小伙忙对周围人说：“别看了、别看了，散了。”

江晓晓瞬间不知道该怎样来思考这个问题，有点语无伦次说：“不是要加价，我们看好的房子别人不卖了。”

突然，一旁的刘界却开口，说：“算了，你们加 30 万，定金也不退了，签协议。”他的表情似乎视死如归。

刘昇的提议，让下家夫妻喜极而泣，泡房市那么久，能有房子可以买已经很幸福了，至于价格多个 30 万，本来市场价就是这样，也就没什么了。

下家男方工作调动来上海，就卖了老家的房子。来了上海才了解相关政策，社保年限不足，压根不能买房，导致孩子幼儿园都没法上。兜兜转转大半年，江晓晓知道，他们也经历了各种心碎。

拿到首付 150 万，刘昇说："媳妇，别不开心了，要不取出来给你数钱玩。"

江晓晓说，"刘昇，这次是你要卖的。"

刘昇说："算了，将心比心。你说我们也算有儿有女的人，为儿孙积点德。如果我们不卖，估计他们这辈子买不起房了。"买不买得起不好说，几个月后，房市新政出来，外地人社保满 5 年才有购房权限，那对夫妻就真的是彻底没资格买了。在房市的疯狂里，刘昇做了一回魔都的良心上家。

江晓晓想，就当做善事。她相信善有善报，找到一个道德制高点，似乎也就心安理得了。

150 万，好多钱。可是这么有钱为什么开心不起来，觉得这钱放在卡里怎么就像烫手山芋呢？这些钱似乎迫切需要找到一个新主人来接手。

刘界问："你最多见过多少钱？"

江晓晓说："50万。"

是的，这50万是10年前准备结婚买房，双方父母凑的，那时江晓晓正准备读博，每个月也就一千来块钱生活费。对钱她没什么概念，虽没大富大贵过，也没穷过。她记得刘界当时拉她到银行柜员机查余额，说："你数数看，后面有5个0。"

多少个0对江晓晓也起不到刺激作用，那时，她视金钱如粪土。而且专款专用，数完第二天就转给别人了。

以前把"百万富翁"称为有钱人，轻松拥有百万了，可为啥如此惆怅？数钱不会带来心安，只有换成一套学区房，那才会放心。她满脑子满身心想的问题就是：上海这么大，到哪里买学区房！

江晓晓没了头绪，很焦虑，刘界的观点是缓一缓，房价涨得不正常，马上过年了，要不等年后再说。他表达了态度，行动上就坦然了，不急不躁、不紧不慢，卖就卖了，买不成就买不成。

江晓晓做不到，她似乎愿意接受刘界缓一缓的观点，脑子里却一刻都不停歇，折磨得她寝食难安。她的一个同事春天卖了房，孩子9月份去外区读书，计划着等孩子学校落实好，在附近买一套，结果呢，惨极了，想要买的房子涨了100多万。活生生的例子告诉她，刻不容缓，早点换到房，可以亏少点。

刘界一副无所谓的态度，也指望不上能商量出什么对策。江晓晓想还是问问周欣吧，豆苗已经读一年级了，她对学区房肯定了解很通透。每次一筹莫展，她就会想到周欣，寥寥数语，就会让她豁然开朗。电话打通，没人接，江晓晓想周欣一个人带豆苗，各种事情多，等她看到未接来电一定会给自己回的。

好几天过去了，也没接到回电，江晓晓想着周欣是不是烦她了，她想算了，不能一有事情就麻烦别人，自己花点心思去研究。她动的第一个心思就是去徐汇搞一套学区房。徐汇的四大公办，赫赫有名，初高中也是牛校云集。既然折腾了，就一步到位，去你的海大附小！

当她做了这个决定，心情一下子敞亮了，人啊，最怕没目标，找准了目标，行动就好了。可闪过一个念头只需一秒钟，落地成现实那可是实实在在的体力活。

研究学区房，不亚于写一篇博士论文，她把大上海缩成了小徐汇，可她发觉徐汇也真不小，下载了一张徐汇地图，从教育局官网找到了前一年的招生简章，她在地图上圈出了四大公办学校的位置，兴冲冲地开始研究这些学校对口的学区，有哪些房源，什么价位。四大公办果然身价不菲，对口的小区妥妥10万多一平方，贵得离谱，用现有的钱也就能买个30平方，有这样户型的小区，真要跟自己同龄了。

后来，她看到一套30平方200万的房源，挺诧异，怎么会便宜那么多呢？自己都不相信，忍不住好奇想要去了解。原来那种房子不是产权房，只有使用权，可以挂户口。来上海这么多年，作为一个新上海人，她对这个城市并不了解，徐汇在她的印象中，是由交大、上海南站、港汇广场等地标组成的。别的，她不熟。

对口四大公办除了旧房子，总价能接受，剩下稍微新点的，面积大些，适合他们这种二宝家庭的房子，基本上千万了。这价格，望尘莫及。

无奈，放弃。有家长建议，来徐汇，都是冲四大民办，公办找一所说得过去就好，这种说得过去，俗称“第二梯队”。第二梯队的学校范围一下子扩大了不少，有八所，江晓晓又吭哧吭哧地在地图上标出了八所学校，对于她这二宝妈，学区房不仅要解决二宝的小学，还要一并考虑大宝以后的初中。徐汇为了推进教育均衡化，采取了派位，一个小学对应多所初中，也有一所初中对应多所小学，情况错综复杂，江晓晓抽丝剥茧，找到了一所不错的小学仅对口一所初中，这个发现令江晓晓欣喜不已，怎么也是读过博士的人，做研究很专业。这个学校叫实验一小，一听就像好学校，再看对应房源的价格，相比于四大公办，显得可爱多了。

目标锁定了，接下来就是去实地，找房，江晓晓无比轻松地规划着下一步的行动，殊不知连续多天作战到凌晨，早已体力透支，意外来得猝不及防。

10

魔都伤心事

耳鸣，脑袋嗡嗡作响，江晓晓想这几天太累了，吃点药，多休息就好了，以前从没耳鸣过，估计不会很严重。照常去上班，要期末考了，她要给学生划重点，她的课是主课，成绩关系到他们的奖学金、学分，甚至影响到以后的保研，耽误不得。

意外就发生在课上，她进教室前吃了两颗消炎药，她开口讲话，怎么整个声音绕着自己转，也不知道是不是药效起作用，头开始晕，眼睛睁不开，她把胳膊肘支在讲台桌上，托着下巴，给自己一个缓冲，可终究没撑到下课，直直地倒下去了，倒在阶梯教室讲台的水泥地上，同学们都听到了哐当的声音，那哐当是头碰了地。

江老师晕过去了，人生第一次晕厥，光荣地倒在了讲台上，但与工作无关。当她醒来，看到无数双眼睛，围成一圈，齐刷刷崇敬的目光，真难为情，她慌乱地跟大家说自己没事，就是早上吃了药，可能药效有点猛。她想要爬起来，被阻止了。

“都晕倒了，还能说没事，千万不能动，救护车马上就到。”副院长安慰她，转头对学生说，“江老师带病坚持上课，你们可都要认真考好。”

就这样，江晓晓异常清醒地被大家扶上担架，塞进了救护车。江晓晓瞪着大眼睛，一动不动，感受着救护车飞奔的速度，当护士叫“江老师，江老师”，她一点反应都没有，什么也听不到。

虚惊一场，医生说没什么，太过疲劳，急性耳膜炎，还问江晓晓是不是工作有夜班，她说：“没有，这几天在研究徐汇学区房，熬夜没睡好。”

她知道，只要说“最近经常熬夜”这种笼统的话就可以了，莫名其妙说得那么具体。也许她需要一个宣泄口，她为学区房着急上火，可刘界不急，江晓晓想跟他说发现实验一小不错，刘界回答都是一串“哦、嗯、啊”。江晓晓没想到，她的一番话，却立刻激起了医生的共鸣。

他说：“哎呀，学区房简直是噩梦，前两个月刚买了一套小房子，首付都付完了，房东突然不卖了。”

“这么恶心，你们去告他。”

“买个房子，谁还想惹官司，遇到只能算倒霉。”

“那怎么办了？”

“他们把钱都退回来了。”

“违约金呢？”

“哎，不提了。”

一声叹息，又是一个狗血的故事。也许同理心起作用，听完医生的遭遇，江晓晓觉得自己还不算最倒霉的人，不过付了定金，人家不卖了，还算走运，定金退了双倍，也算是守信之人，这样一比较，她倒不怨恨那个违约的房东了。

检查，配药，原本是医患关系，瞬间变成了患难朋友。话说在上海，跟人聊天，找不到合适的话题，就聊房子。房子，那是全上海人的共同话题，每个人都有关于房子的故事版本，故事之精彩，远超过正常人的想象。

刘界心急火燎赶到医院，江晓晓却一脸轻松，还质问他怎么来了。刘界一把拽过江晓晓，揽入怀中，动作十分地莽撞，江晓晓一点准备都没有，踉跄着跌入他的胸膛。一点都不温暖，像陌生人的拥抱。

刘昇往医院狂奔的一路，可紧张了，江晓晓的同事给他打电话说江老师晕倒了，直接摔水泥地上，快不行了。他吓傻了，吓哭了，一个大男人，在出租车上，眼泪肆无忌惮地流，奔的是医院，司机都默默无语，想着他家一定死人了。十年婚姻，感情确实没那么浓烈，平常的日子，像左手握右手，没啥感觉，可若少了一只，那是要天崩地裂的。

他太过用力，抱得江晓晓快窒息了，江晓晓推开了他，说："医生说就是太劳累了，急性耳膜炎，休息休息就好了。"

刘昇却一脸严肃，说："你不要再去研究学区房，你什么都不要管，房子的事，我来。"这句话很认真，江晓晓毫不怀疑，但以她对他性格的了解，等他管就是缓一缓。江晓晓让他快回公司上班，她说配好药自己直接回家。

一个混乱的上午结束了，未曾想，一个更加糟糕的下午却接踵而至。

她在配药窗口见到了周欣，一脸菜色，眼窝深陷，过了35岁，女人的眼睛就是窥视她生活的窗口，日子好与坏，一眼望穿。脸上的斑点可以用隔离霜，可没有化妆品能遮挡落魄的眼神。周欣很注意形象，冬天再冷，也不会穿羽绒服，她嫌臃肿，一件羊绒大衣很得体，走路带风，即使病着，她还是精心收拾了自己，虽没在上海长大，周欣骨子里还是很上海人。

江晓晓无比肯定，周欣出事了，而且一定是大事，豆苗考学失利，周欣也伤心过，神情如此这般落魄，江晓晓没见过。

医院附近的一家咖啡馆，两人落座，彼此心照不宣，看得出，这段日子谁都过得不好，周欣怔怔看着江晓晓，说："晓晓，我离婚了。"

江晓晓想是不是自己耳鸣，出现了幻听，周欣很平淡，说："上个月离了，都过去了。"

江晓晓眨巴着大眼睛，眼泪就出来了，周欣说得轻描淡写，可这脸上不是明摆着，一切都没有过去，她正在经历着撕裂、疼痛、煎熬……

聚少离多的婚姻，这样的结局是不是也在意料之中，暑期探亲，周欣在丈夫的房间里发现了避孕套，男人总归粗线条，那时他在上班，周欣拍了照片，微信发过去，没想到豆苗爸爸秒回，说媳妇来了。这谎说得不动声色，媳妇来了，什么都还没发生，盒子怎么就打开了呢?

周欣是聪明人，他回来对她好，对豆苗好，这么久没见，父女俩玩得不亦乐乎，周欣睁一只眼闭一只眼，仅因一纸婚约就要求永远真诚相待，并不靠谱，只要他不打破平衡，为了豆苗，她愿意和他将就。

他带她们去了梵蒂冈、许愿池、万神殿，罗马没有高楼大厦，处处都是景，他们一起自拍，没人怀疑，这就是幸福的三口之家。

一个月前，豆苗爸爸却不远万里飞回来，要和周欣离婚，故事很俗套，他跟一个女的在一起两年多了，那女的怀孕了，威胁他，不离婚，她就自杀。他为了另外一个女人非常无耻地跪到了周欣面前，声泪俱下，放他走就可以，他什么都不要，包括他们一起买的房子。

婚就这样离了，周欣病倒了，剧烈持久的生理性头疼。江晓晓明白了，为什么她打电话周欣没接也没回，她知道周欣不想让这些事来烦她，周欣就是这样，处处为别人考虑，而把自己活得很累。

下跪是个神奇的举动，周欣的老公跪着求离婚，买房的下家跪着求他们卖房。江晓晓想她下跪求情，海大一村房东是不是会心软不违约了？别人会不会心软她不知道，可她的膝盖一定跪不下去。

与周欣告别，江晓晓去乘地铁，晕乎乎地，她像一个不谙世事的大学生，一下子扎进尘世生活，有点招架不住，疯狂的房价、出轨、离婚，一切混乱不堪。

抵达地铁站点，准备下楼梯，一脚踏空，一个趔趄，不知道是摔还是滚，整个脸着了地，火辣辣地痛，鼻子出血了，流向地面，江晓晓看到来来往往的脚，没有人停下来。她忍着疼痛，从包里拿出纸巾，捂住鼻子，血似乎止住了，她使劲地擦了擦地面上的血迹，费力地爬起来，才发觉膝盖擦破了一大块皮，黑黑一片淤青，肿了起来。

江晓晓想，自己是给这个城市跪了。

上午晕，下午摔，江晓晓想还能怎样倒霉。也许老天给自己暗示，让身体的疼痛来缓解她内心的焦虑，现在确实不是换房的好时机。不要房子没换成，把命搭进去，不划算。自己最重要的角色是两个孩子的妈，好好活着才要紧。

回到家，父母看到江晓晓的样子，吓坏了，嘴巴肿得跟香肠一样，他们一会提议用醋涂消肿，一会说要用冰块敷，晓晓妈还叮嘱，嘴巴上皮都破了，结疤千万不能撕，让它自然脱落。

江晓晓说："没事，我就不小心摔了一下。"

父母当然懂女儿的心情，房子卖了又没买成，心里着急。晓晓妈说："人这一辈子平平安安就好，房子慢慢看，多往好的方面想。什么都不要管，好好睡一觉。”

她爸爸也在一旁应和：“就是，就是，你睡觉去。”

只要父母在，永远可以当孩子。相比于周欣，江晓晓觉得自己很幸福，长这么大了，几乎从来没进过厨房。没生孩子前，天天吃食堂，吃腻了就出去吃顿大餐。生了星儿，两家老人轮流来带孩子，吃喝拉撒的事情从来不要她操心。这么大了，还过着“衣来伸手，饭来张口”的日子。

也许，这就是平凡人幸福的模样，父母身体健康，儿女双全，该怎样就怎样，好好睡觉去咯。

她真的沉沉睡着了，这阶段实在太累，星儿什么时候放学接回来都不知道，直到妈妈喊她起来吃晚饭。起床，出卧室，看到她这个样子，星儿大喊：“妈妈是妖怪，吓死人了。”

刘昇吃了一惊，说：“这脸又怎么回事？”

江晓晓满腹怨气，说：“被你气的，摔了，你有点时间陪星儿做做功课，研究一下房子，我也不会累成这样。”

刘昇说：“媳妇别生气，待会吃好饭，我陪星儿做思维题，学霸出场，一个顶俩。”

刘昇拎得清，他的低级搞笑每每让江晓晓想发脾气却找不到借口。吃好饭，他还真很难得地陪星儿做功课了，教得怎么样江晓晓不知道，至少有态度，总是好的。

陪完星儿，刘界网上搜了搜什么东西消肿比较好，查到芦荟胶挺管用，就去药店买了。他很心疼江晓晓，再买不成房子，估计这个媳妇要神经病了。

刘界晚上表现出奇地好，他上午被吓得不轻，感觉江晓晓捡回了一条命，事实虽没那么严重，可他设想过恐怖的一幕，江晓晓真没了，他带着俩娃，实在太可怜。

他用芦荟胶帮她涂抹浮肿的双唇，说："媳妇，你厚嘴唇也挺性感的。"

江晓晓想笑都没法笑，她的眼睛都能瞟见自己的上嘴唇。她说："周欣离婚了，她老公出轨了。"

刘界没有半点惊奇，不咸不淡地回："我早知道会这样了。她老公在资本主义花花世界，怎么会忍得住诱惑？"

江晓晓盯着刘界："你会被诱惑吗？干过坏事没？"

刘界郑重其事举起右手，说："我对灯发誓，如果干坏事，灯灭我灭。"

江晓晓也就这么一问，她很信任刘界，无条件的信任，这种感觉也很奇怪，她觉得很多男人看着就不会对老婆忠诚，她家刘界不会，她发自内心愿意跟他过一辈子。这么多年，爱情没那么浓烈了，亲情构建得根深蒂固。刘昇会说："谈恋爱没感觉了就结婚，结婚没感觉了就生孩子，生了孩子没感觉，就再生一个。"现在，俩娃都生好了，还想怎么样？就这样过一辈子。

刘昇对生活的要求超乎寻常的简单，他从没有要干一番大事业的雄心壮志，一路勤勤恳恳，倒也干得不错。认识这么多年，从未见他烦恼。当她为学区房焦头烂额，他坦然处之。当她说再买不到房子将要损失 100 万，他说她心态不好，为什么不想想短短几年，已经赚了几百万了。

刘昇说得对，人要心态好，不管什么事，等过完年再说吧。那个晚上，江晓晓蜷缩在刘昇臂弯里，睡了一个安稳觉。

11

实地看房

2016年的春节出奇地晚，过年回兴湖老家，两家人欢天喜地。江晓晓过得很焦虑，她想趁寒假，一能好好陪星儿准备幼升小，二是研究一下学区房。星儿经过寒假冲刺班集训，倒是慢慢进入正轨，比如看图说话，也能起承转合讲一段了，不像以前，最多说一句，就不知道怎么讲了。研究学区房却糟心多了，明明前一天查到的房子是一个价格，到第二天又变成新的价格。房产中介应该放假了，难道大家不过年吗?

在老家越待越不淡定，大年初六，刘界在外企上班，只有七天假，要回上海了。往年，她会继续在老家待到开学。这一次，她觉得一刻都不能耽误，要跟刘昇一起回。两个娃就留下了，有四个老人在，她倒是一点都不用牵肠挂肚。

这个寒假，她不仅研究了徐汇，还研究了静安、黄浦的学区房，她要一一去实地考察。开车回上海的路上，她跟刘昇说，趁开学前时间充裕一点，她抓紧看，有合适的就定下来。

刘昇却说："等等看，你不是说星儿去考民办吗？等 5 月份再说好了。"

"你不知道春节后上海房价都会涨，随便小涨一下就是好几年薪水，不能等，快刀斩乱麻，赶快定了拉倒！"

2 月 14 日一大早，刘昇上班去了，江晓晓全副武装，开启她跨区寻找学区房的征程。

第一站实验一小，江晓晓查了地图，地铁 7 站，转公交，两站路，下车，步行 700 米。从家出发，路上整整花了一个小时，真心远。

小城市，从市区到郊区也就半小时车程。在上海，市区内兜兜转转，一两个小时很正常。不过还是有点超过江晓晓内心的预期，这么偏僻的地区，价格一点也不便宜，实验一小对应的 5 个小区，有三个小区属于 80 年代的老房子，总价低一点，也有二三十平方的小户型，小区跟小学隔一条马路，江晓晓觉得保险系数不高，说不定一不小心划出去了，那不是白买了。

除此，只有一个小区，1995年建造，单价在7万左右，面积五六十平方，属于老公房。小区还挺整洁，不过刚过完年，带江晓晓看房的中介只帮她约了一套房，一楼，61平方，430万，挂得有点高，一楼自带了一个25平方的花园。白天进去，还要开灯，采光不佳。江晓晓逛了一圈，把网上看到的信息在现实中还原了一遍——到现场看一下，印象要深刻得多。

看完实验一小的学区房，江晓晓直奔下一个目标，对口黄浦双语学校的小区。她在路边等公交车去地铁站，左等右等不来，想拦辆出租车，压根就没有。2月的上海依旧冷，江晓晓把围巾又拉紧了些，她想着这么鸟不拉屎的地方房价怎么还这么贵？一提到教育质量好，所有人都会想到徐汇，房价就这样炒起来了？

好不容易等来一辆公交车，江晓晓赶紧上去，车上空空荡荡，快中午时分，也没什么人。很多人回老家过年，还没开始返城。下公交，转地铁，抵达黄浦双语学校附近，学校紧邻高架，江晓晓问中介小伙子，这是内环吗？

“这是中环。”

“那这个房子属于中环外咯？”

“是的，中环外。”

江晓晓晕了，她的认知又一次被颠覆。黄浦，在她固有印象中，是外滩、人民广场、南京路、新天地……她脑子里从来没有中环以外的地方属于黄浦的概念。

即使中环外，一点不影响房价的坚挺，有两个高档小区，江晓晓看着顺眼多了，看到价格却不那么舒服了，都千万朝上。网上研究好久，觉得价格适中的学区房，到了小区一看，让江晓晓倒吸了一口凉气——压根就没有小区，一栋楼，直直地矗立着，房子属于高层，两梯十二户，连带看房的中介，都转了半天才找到。

房子不是分东南西北，而是东南或西北，歪歪扭扭。

他们所看的房子在四楼，房间的正门外，有一个储物间，堆满了杂物，门口还有道铁门，整个楼道黑乎乎的，中介用手机的手电筒照着，敲铁门，一个租客出来开门，房间七拐八拐，没一处是正的，由于群租，屋内乌烟瘴气。江晓晓想看看阳台在什么地方，突然一只老鼠从脚下横穿而过，江晓晓“啊”地尖叫了一声。实验一小那边位置有点偏僻，至少小区很干净，房型很方正。

看完房子，中介对江晓晓说，这个房子有点缺陷，但是便宜，而且对口黄浦双语，幼儿园是市级示范园，初中是黄浦一中，三学区。江晓晓做过攻略，很了解，她在APP上看到这套房子也心动了，75平方，450万，同等面积挂到520万了，介绍上说就是采光不太好。江晓晓想，房子装修选亮的色彩，灯光、家具配配好，应该问题不大，这样的面积居住也很适宜。两条地铁线在附近，上下班也便捷。

江晓晓还研究过，徐汇好学校多，竞争也是异常激烈。上海中考是一套卷，招生各区归各区，黄浦有多所市重点高中，要学区房的终极目的就是有个好初中，以后能考上好高中。在上海，高中过得去，上大学就不用担心了，复旦、交大进不去，一般性大学还是比较轻松。

江晓晓对黄浦的喜爱远胜过徐汇，来了才发觉哪有什么便宜给你占，只有错买，哪有错卖？这种房子实在是差得不睁眼了，四五百万买下来，除了等拆迁，估计也只能烂在手里了。

除了寒气逼人，还有失望比这寒气更逼人。看着对口黄浦双语的另两个高档小区，她想起一句话，所谓的选择综合征实际上就是穷，房子贵不是它的错，是你的错，谁让你穷呢？江晓晓突然也不明白，上海这地方，到底多少钱算有钱呢？

中介小伙说，那小区刚开盘，压根就没人要，开了世博会，发展起来了，摇身一变，成了景观房。是啊，如果有后悔药可卖，一定会是笔大买卖，全上海人都错过了发财的大好机会，那一年那一次该出手时没出手。

好货不便宜，便宜没好货，江晓晓嘲笑自己，连这么简单的常识都没明白，还美滋滋地构建白日梦。所谓见多才能识“广”，江晓晓真是领教了。

转场下一站，静安的金桥小学，在静安寺附近，学校不大，从校门看进去，弥漫着一种说不出的洋气，如静安这个地方，每次到这里，一股浓郁的上海气息扑面而来，说不出的嗲。

江晓晓抵达约好的房产中介门店，与坐落在上海大街小巷的其他中介门店不同，这里没有穿笔挺西装的小伙子，也没有穿正装的小姑娘，清一色的上海阿姨，说着浓重上海口音的普通话。她们很多都是90年代末国企裁员的下岗职工，最多也不过是二次就业。这样卑微的经历掩盖不了她们的闪闪发光，倒是江晓晓，觉得自己有点灰头土脸。

一位阿姨接待了她，阿姨说：“江小姐，你宝宝多大了？来这里都是冲着金桥小学，你知道，国家领导人或者外宾来开会，送花迎接的小朋友很多是金桥小学的学生。江小姐，侬长得这么漂亮，估计宝宝一定老好看咯，以后有机会选进去。”

江晓晓附和着，笑了笑说：“是吗？那真好！”

阿姨热情地给江晓晓倒了杯水。

江晓晓握着水杯，暖暖的，透过玻璃窗，看来往行人穿梭。她想，一个人的成长跟一个地方到底有多紧密的联系？尤其童年生长的地方，会融进一个人的血液里，伴你一辈子。

江晓晓18岁就来到这座城市，求学、工作、成家，这么多年了，依然半点归属感都没有，你永远就是那个漂在这里的外地人。倒是上海有很多知青，他们十六七岁就到外地去，陆续回城，他们很长时间与这个城市是隔绝的，只因他们童年乃至少年时期在这里成长，地域的印迹一直得以保留。

这一刻，环境决定论在江晓晓脑子里发酵，她想二宝来金桥小学读书，同样的五年学习，是不是会跟在其他地方不一样？这样一想，心情备感愉悦，当她听到阿姨说可以去看房，她的内心充满期待。

这次，她看的房子是41平方，五楼，390万。静安这地方，寸土寸金，这套房面积很小，租金很贵，江晓晓想房子出租还贷款，经济上压力不大。房子一室一厅，一对老夫妻居住，收拾得很干净。除了价格高，江晓晓倒是很满意。房产中介阿姨说，要是看上了可以帮她侃侃价。江晓晓问，你们中介费怎么算？

阿姨说："两个点，这个公司有规定，我们是国企。"

江晓晓很吃惊，中介是国企，第一次听到。好吧，魔都，真是无奇不有。

辗转三个区，看了一天房，除了静安这套别的实在不咋的。一天的奔忙，满满的失望。

站在静安的一条马路上，这个被上海人称为上只角的地方，这里氤氲的浓郁上海气质，是人散发出来的，是马路两边的一树一草散发出来的。江晓晓喜欢，可10万一平方值得去买吗？她心中没底。她拨通了刘昇电话，说自己在静安寺附近，看了一天房子，累得半死。

刘昇说："媳妇辛苦了，来我这里，晚上请你吃日本料理，情人节，犒劳你。"刘昇这样一说，江晓晓还真觉得饿了，周转三个区，中午随便吃了碗兰州拉面。

江晓晓乘上地铁，想着刘昇还算识相，请自己吃日本料理，她要拣贵的菜点，豪华刺身拼盘、生鱼片统统上，吃饱才有力气看房。她到刘昇公司，等他下班一起去吃饭。路上，江晓晓跟刘昇说她就看上静安的一套房子了，390万。刘昇说，还好，不算贵，多大面积？

江晓晓说41平方，刘昇很吃惊，10万一平方啊？

江晓晓说还好，没到 10 万，静安这种地方寸土寸金。

他们到达餐厅，坐下，江晓晓怎么看着都像吃快餐的地方，服务员拿来两张菜单，什么午市套餐、豚骨拉面、特色点心。

“媳妇，随便点，挑你爱吃的。”

江晓晓把菜单正反翻了翻，对刘昇说：“这就是你要请我吃的日本料理，情人节大餐？”

刘昇一点没听出江晓晓的质疑，说：“对呀，你不是喜欢吃面条吗？这个豚骨拉面非常正宗，汤都熬了一天了。你看，一碗 46，很贵。”

朋友圈一片秀恩爱，牛排大餐、鲜花盛宴，自己是不是要拍碗豚骨拉面发朋友圈？不知道为什么，江晓晓当即恼怒，她说：“我看出来了，你确实没把媳妇当外人。”

江晓晓的火气有点没来由，俩孩子的妈，整天研究幼升小、学区房，烂在世俗生活中实在太久了。在此刻叫情人节的日子里，她还是有种小女人的情结，这种情结需要一束鲜花或者一顿大餐来满足。刘昇把所谓的“豚骨拉面”称为“日本料理”，这与江晓晓脑补的日本料理差距实在有点大。

问题是刘昇压根就没有意识到有啥不妥，甚至觉得江晓晓没事瞎矫情。他说，你平时吃碗兰州拉面才 16，这豚骨拉面要

46，提升好几个档次了。

她扔下菜单，直接闪人，门外华灯初上，江晓晓泪眼婆娑，有看房一天的累，有这么多天积聚的各种焦虑所带来的压抑，更有那种被丈夫忽略的痛感。

张爱玲在《倾城之恋》里写过："他把他的俏皮话省下来说给旁人听。那是值得庆幸的好现象，表示他完全把她当做自家人看待——名正言顺的妻。"

刘界真把自己当妻子了，可江晓晓感觉自己要火山喷发了。

12

楼市如战场

三套房源，徐汇的偏，黄浦的差，静安的这套旧了点，单价 10 万一平方确实贵，总价却能接受。江晓晓心动了，对口的可是大名鼎鼎的金桥小学，她似乎看到一个小小少年，系着红领巾，右手高高举起，行着队礼，迎接贵宾。她想好了，就买这套。

江晓晓打开搜房 APP，想再细细研究一下周边配套，有无其他房源信息。她扒拉着，有个现象令江晓晓吃惊，静安这套房子挂出来一年多了，看的人不少，陆陆续续有上百位了，价格也从 300 万涨到了 390 万，不是说一房难求，怎么还没卖出去？有个词叫“有价无市”，江晓晓犯嘀咕，这种算吗？她咨询一个中介朋友，问这种类型房子还能不能出手。

对方回：“不太好说，现在地铁方便，同样的预算可以买远一点的大房子，这种老房子，商业贷款都不太好贷。”

江晓晓想想有道理，现在政策严了，5年内只能一个孩子入学，不像前些年，用完学区就可以抛。自己如果买了，说不定就是最后的接盘者。房市如此火爆，还有挂了一年多没卖出去的房子，肯定有问题。

唯一满意的学区房，就这么放弃了。

江晓晓又没了方向，搜搜中意小学对口的小区，不是六楼就一楼，没啥好楼层，她的日子又变得一片灰蒙蒙。江晓晓几乎一有空就上各大房产APP搜信息，希望不要错过任何最新房源，每次都一无所获，一楼或六楼，永远那么几套，孤零零的，并以学区房的名义骄傲地挂着高价。看得疲倦，她就想摔手机。

江晓晓卖的房子按部就班走流程，下家就是还没过户先挣了50万的主，她的心汩汩流血。“踏空”这个形容股市买家错过一波上涨行情的名词，同样适用上海的房市。在上海，最悲哀的不是高价买了套房，也不是支付了高达2%的中介费，而是卖掉一套房却没买上另一套房。

一脚踏空，万劫不复。别人当初一跪，把他们心跪软了，可是谁来同情他们？捧着几百万现金，却没有合适的房可买。

接到中介小周的电话，江晓晓又瞬间满血复活，小周说："江姐，实验一小附近刚刚出来一套，二楼，58平方，400万，置换，急卖。下午两点统一安排看房。"

不知道是不是测试看房人的心有多诚，中午过后，突然春雷阵阵，风雨交加，魔都2月的天气，春寒料峭，阴冷冷，湿漉漉。风真大，雨伞一不小心就会被吹反过来，完全挡不了什么雨，还好羽绒服有点防雨功能。

这雨天，出租车就甭想了。最稳妥的办法还是乘地铁倒公交车。到了小区门口，见到小周，江晓晓吐槽，说："选什么黄道吉日，这鬼天气，鞋子都湿光了。"

"江姐，我跟你说，他们家门口已经有很多人了，估计房东还会涨价，你确定想要，你就说全款付。"

"不能全款付，没那么多钱。"

"姐，差不多，到时候再想办法！你听我的，你先这样说。"

来到楼下，大风大雨没有阻挡大家抢房的脚步，楼上楼下站满了人。自家小房子，也是这样被秒杀了。此刻要抢房的是自己，她有点心虚，她本能地往后躲，小知识分子的薄脸皮在起作用。甚至她都不愿意买了——当然她是想买的，她只是不愿意参与这场抢房恶战，不愿意撕破脸皮冲过去和别人拼抢。

两点左右，房东来开门，人群有些骚动，“房东来了”，不知谁说的，大家似乎都开始摩拳擦掌准备战斗，江晓晓只想退缩，可无路可退，被人群峰拥着向前。

小周拉了拉她的衣袖说：“江姐，可以进去了。”门口水泄不通，怎么进啊？江晓晓听见房东在门口喊：“不要一下子进来，把地板采坏了，分批看，看好的可以先出去，让后面的人进来看。”

房东还喊：“首付至少五成，不接受置换，不符合条件就不要看了。”

这声音穿过人群，飘进了江晓晓的耳朵，感觉心头一亮，她挤了进去，一扇进出的门，有看完要出去的，有正待要进去看的。说真话，进去了，江晓晓也没看到啥，或者说，这种小户型也没啥看头。

也许房东开出的条件起了作用，一大群人只剩下了十多个。房东就像太上皇，买房的人就是迫切渴望被宠幸的妃子。房东说，我也是急着置换，谁付款方式好就卖给谁。

“江姐，你说你全款呀！”房产中介小周在江晓晓耳边小声说。

江晓晓不知道这赤裸裸的谎言怎么说出口，这不是欺骗嘛。她又想，万一错过这次机会，不知道要等到什么时候。江晓晓把犹豫摁了下去，开口道，“我房子年前卖掉了，房款都到账了，我们可以全款付。”

江晓晓一脸严肃认真，也许源于她大学老师的身份，一句虚张声势的话也分量十足，让人感觉可靠，值得信任。房东满心欢喜，“那太好了！”江晓晓觉得房间里所有人都对她行注目礼，400 万的房子，全款付，说说都很有快感，心里一丝小小的得意。

突然，一位老阿姨杀出了一句，“我们给你加 10 万。”阿姨的声音，高亢、坚定、有力，紫红色蓬松的卷发，让她肥胖的圆脸更加膨胀，大家齐刷刷的目光从江晓晓这边移到了阿姨那边，似乎又一起回转头，直直地指向了房东。

小周看房前对江晓晓说，房东会涨价，这倒好，房东没涨，客户主动要求涨。加价，是应付房市疯狂期的法宝，江晓晓鼓足勇气说了全款付的谎，没想到冒出了加价。

这是要 PK 吗？江晓晓零准备，她给小周使了个眼色，似乎想问小周下一步怎样做比较妥当。

一位全款付，一位涨了10万，房东是要拿捏的，他问红发老阿姨，“你们房子卖了吗？”

老阿姨却说：“卖什么房啊，存款现成的。”房东坚定地从自己的认知出发，他觉得除非置换，谁能一下子拿出400万，阿姨说得恳切，房东却充满疑惑。

他跟那位阿姨说了抱歉，他说要置换，急需现金，他也不想加价，他选择了江晓晓。幸福来得太突然，她都想去给他一个大大的拥抱。这就是善有善报，自己可是做过一回良心上家的。

买学区房的心愿，说了就了，江晓晓有点喜不自禁，约好第二天付定金、签合同，江晓晓满心欢喜地准备回家。滂沱的大雨之后，出了太阳，这地方有点偏，没了拥挤的高楼，也挺好，天空似乎一览无遗，她看到了天边的彩虹，有那么一瞬间，她觉得心情比彩虹还绚丽。

可转而一想，又各种忐忑。400万全款付，那是肯定付不起的，房子才卖了340万，本来计划400万左右的房子，用公积金贷点款就好了。这一下子到哪里去弄这60万呢？

江晓晓想着要不就实话实说，谁手里有400万现金去买他家那破房子，95年，不到60平方，要不是学区房，送她都不要。

江晓晓想着无论如何自己算付款方式还不错。房东看上去像一个厚道人，阿姨加价 10 万，他都没同意。江晓晓想到时候好好说说，也许房东就同意了。

回家的路上，江晓晓给刘昊打电话，“老公，我抢到房子了，明天一起去签合同啊。”

“哦，行，在开会。”电话那头，传来了一句简短的应答。江晓晓倒没生气，她现在想要思考如何找出一个对策，变出 60 万或者编好谎言。

晚上，刘昊下班到家，态度很友好，对江晓晓说：“媳妇，你白天说抢到房？什么房啊？”

江晓晓看着他一脸貌似真诚的表情，她把看房抢房的过程声情并茂地给刘昊描述了一遍。这回轮到刘昊哈哈大笑，“全款付，拿什么付？”

江晓晓神秘兮兮地说：“现在这套房子可以拿去银行办抵押，我问过了，可以的。”

刘界摸了摸江晓晓的脑袋，没发烧，怎么会蹦出这个歪主意？江晓晓急了，那你说怎么办啊？网上都是些歪瓜裂枣的房源，好不容易出来一套，人家同意卖了，可不能让这 60 万成为绊脚石。

没想到刘昊说没事，明天你就跟人家说还有 100 万买了理财，一时半会拿不出来，只能公积金贷点款了。

江晓晓很疑惑："为什么是我去说？难道明天签合同你也不去吗？"刘昊居然很肯定地说他有个项目要验收，去不了！

队友指望不上了，江晓晓想着自己孤军奋战。说了一个谎，需要无数谎言来掩盖，把谎言说得跟真的似的，也是一种本领和生存智慧。这个建议不错，房东问起就说这个理由。谁会把几十万现金放家里，买理财产品，合情合理。

13

签约日，房东变脸

第二天，在房产中介如约见面。江晓晓有点惴惴不安。房东似乎在与江晓晓拉近距离，他说："昨天那个老太婆，说得天花乱坠，一听就假的，不像你，一脸实诚。"

笑容堆在脸上，有点僵，江晓晓觉得自己真是说谎高手，还深藏不露，那就再说一次，她莫须有的买理财的 60 万的谎言还没挨到说，对方男主人发话了："昨天我们答应，最主要看在你能全款付。我简单说一下情况，这个房子到 4 月底才满 2 年，还有 100 万的贷款未还，你们先付 300 万，100 万我拿去还贷款，200 万给我儿子付首付，剩余的等过户再付就好了。

主要也是为你考虑，要不现在交易，不满 2 年，要多交 20 多万的税。”

看着男房东完美的购房计划，上下翻动的嘴皮，江晓晓终于明白了别人加价 10 万，他也没同意的原因了。确实是看上她实诚了，她的老实可靠打动了房东，他已经预判好江晓晓一定会协助他完成交易。

江晓晓想自己是老实了些，但不代表傻。离 4 月底还有两个多月，毫无保证地把 300 万拿去给你家还贷款，付首付，谁知道当中出什么状况。如果到时候又要涨价了，或者不卖了，我们怎么办？

江晓晓迫切地想购房，也不至于头脑发热，房东的提议一下子让她无从应答，她一个晚上在焦虑如何圆全款付的谎，没想到出来这样一幕。她说：“感觉这样拖时间太久了。”

江晓晓说得很实在，没想到女房东直接发飙了：“你昨天说全款付，你不诚心买就不要瞎说！你看我们会骗你吗？一点诚信都没有。”

一番话说得江晓晓额头冒汗，江晓晓仔细瞄了一眼女房东扭曲的脸庞，感觉特别猥琐，估计是更年期症状，真是太可怕了。

小周赶紧来圆场，他说先初签个合同，签好之后房产证押他这里，时间一到立马去审税过户，反正一个多月时间而已。

江晓晓还没说不行，没想到房东女人嚷开了：“这不行，房产证怎么能押你这里呢？”转向江晓晓，“就刚才方案，你愿意买就买，不愿意就算了。”一副威风凛凛的神情，江晓晓甘拜下风。就算如今房市里确实买方需要求着卖方，但态度完全可以友好一点。

每个人都把自己的如意算盘打得好好的，别人的权益拿什么保证呢？

江晓晓不愠不火，说：“这样吧，如果到 4 月底我还没买到房子，碰巧你们的也还没卖掉，到时候可以再聊。”

女房东听了这话，感觉被侮辱似的，声嘶力竭，“你简直胡说八道，昨天多少人去看房，多少人排队等着买我家的房子，说好全款付，你真是骗子。”二楼，房型是不错，价格也公道，可女房东霸道成这样，江晓晓大开眼界。

江晓晓的一场空欢喜在女房东的骂声中终结了。昨天接待看房的男人，至少看上去还彬彬有礼，也不知道怎么会找这样一个老婆，真是作孽。

从房产中介出来，心情极度郁闷，本想可以终结房市的折腾，没想到救命稻草终究还是没救得了命，她感觉掉进深井，急速沉坠。

看着手机里一堆房产 APP，江晓晓觉得莫名恶心，又感到无限的恐慌。她已经明白，APP 上挂的房源，还能看，都是问题房。这时，她接到一条微信，黄浦双语学区房那个中介小伙发来的："姐，那个房子又降价了，你有兴趣，可以面谈，毕竟比正常房源便宜 50 万了。"

江晓晓回："问题那不是正常房源。"

中介小伙回："房东还说了，他可以协助到房产交易中心做房屋缺陷证明，这样就不用交增值税，一下子又可以省 20 多万了。"花几百万去买一套白天进去都要开灯的缺陷房，江晓晓实在觉得心里堵得慌。要是买了，那才真是缺心眼。

接下来两周，江晓晓每个周末都在扫房中度过，好房子不会挂到网上，她只能到小区附近的中介门店去扫房，即使一无所获，也要留下电话号码，让中介心里铭记，她是潜在客户，是 400 万之内还能全款付的优质买家，一有最新房源可以优先通知她。

3 月初，天气异常冷，春寒有时伴着春雨，一如江晓晓的心情，潮湿阴冷。星儿考民办小学面试进入最后两个月的关键期，二宝的学区房还遥遥无期，不知道去哪里寻觅。她恍恍惚惚、焦头烂额。

春节过后，刘界的爸妈换班来带孩子了，老人的意思上海这房价太疯狂，不着急，慢慢看。所有人都如此淡定，搞得是她一个人瞎折腾似的。其实，江晓晓真的不是一个愿意折腾的人，如此接地气的生活让她很分裂。

她有时候陪星儿学习，就想起当初自己有过丁克的想法，怎么就没坚持呢？还生了两个，每天忙得脚不沾地。江晓晓就有重新把他们塞回肚子的想法，她也只是内心小小抱怨一下，她知道面对传统观念，从众远比标新立异的压力小得多。

真不生孩子，四个老人的唠叨会彻底搅乱她的生活，生了更安心，当初决定放弃公务员继续读博，老人一致意见读书可以，先把孩子生了，生好了他们带，你安心读书就好，作为独生子女的一代，父母似乎习惯安排一切。但生孩子不是一件简单的事情，面对一个生命，养了就要负责任。她接受不了星儿落到读普通小学的结局，无论如何，要找到一所民办小学让她考进去。而阳阳的学区房也必须立马解决，事情迫在眉睫，刻不容缓。

她甚至为此暂缓评副高职称。她实在没有那么多时间和精力让所有事务齐头并进，也只能分轻重缓急。

作为母亲，她要为俩孩子的未来负责。春节过后，星儿很多强化课还在继续上着，表现也时好时坏。这不怪星儿，很多题的难度连她这个博士一眼都答不上。曾经江晓晓还自我感觉良好，从小到大一直是优等生，她有无比强大的存在感，自星儿读了这种班，才发觉牛蛙遍地。牛蛙父母中各种高知、海归，自己不过是一个本土博士，老家的左邻右居把你夸上天，在魔都这地方，实在显得微不足道。

课上得多了，人倒务实了。江晓晓开始研究各所民办小学往年招生信息，面试真题，包括豆苗就读的祥云双语。正当她想跟周欣了解学校今年招生情况时，周欣给她转了一条微信，里面有学校开放日报名登记表。

江晓晓回了句："哈哈，懂我！"

周欣发了条语音，大意是让江晓晓先登记，这个学校会提前面试，到时候星儿想去读的话，她可以让余博士帮忙。

说到余博士，周欣感觉心暖暖的，有时候，你得相信，人与人之间是有缘分的。其实，不管到什么样的年纪，人总会渴望爱情，只是没有那么多机缘，或者成人的世界充斥着太多直奔主题，久而久之一般人也就不敢触碰了。

纷繁复杂之外，你得相信，人与人之间还有一种纯粹的欣赏，纯粹的仰慕和爱恋。周欣一直觉得自己既不貌美如花，也不风情万种，不过是一个老公出轨、离了婚的单亲妈妈。当余博士向她表白她都很吃惊，她问他为什么选择她，他说想保护她。

是的，从那次飞机邻座相识开始，余博士听到周欣说孩子择校失败，他感受到一位母亲倾尽所有却无可奈何的心境，他想无论如何要帮她。那一瞬间余博士想起自己八十年代末出国读书，虽公派留学，各种开销还是很大，母亲为了支持他安心深造，毫不犹豫地卖了家里的四合院，凑了一笔钱。她说让儿子不要去端盘子打工，安心做学问，母亲跟父亲就搬到单位的一个单间宿舍里，蜗居了十多年，当他有能力给母亲提供大房子，母亲却患病离世了。母亲那坚定的声音一直留在他心间，母亲说："有妈呢，你就安心读书。"

在飞机上，当周欣告诉他，孩子爸爸长年累月在海外工作，她这么多年独自带孩子，她说自己白天工作，晚上陪孩子读书做功课，时间似乎也过得挺快。当周欣像拉家常一样轻描淡写地叙述，余博士觉得自己有点心疼身边这个陌生的女人，她乐观、坚韧、豁达，她也惆怅。他觉得她身上有种他寻找很久的东方女性才有的特质。

帮豆苗办好转学，周欣特别感激余博士，说要请他吃饭，他推辞了，他觉得自己不过是举手之劳。可欠一个人情，周欣总觉得心里不安，周欣还问过江晓晓到底送什么来还这份人情，江晓晓开玩笑说，送人。没想到这个玩笑有一天会成真，一切那么巧合。

余博士所在的美资企业要上马一个投资 2 亿元做食品添加剂的项目。实验室建好，作为食品安全监督部门，需要派工作人员去验收各个环节是否符合国家标准，很凑巧，周欣是这次验收的负责人。那天，她和两位同事一起前往研江高科技园区，例行检查完实验室后，需要听取项目负责人对该项目的一个整体介绍。

一个椭圆形会议室，能容纳七八个人，他们坐定，一位负责实验室的技术人员给他们倒了茶，说该项目负责人正在开会，快要结束了，让他们先喝点茶休息一下。周欣拿起水杯，喝了一口水，跟其中一位同事说："待会听介绍，一些关键指标要记录下来，这些数据对于做出详细的评估很重要。"

过了两三分钟，项目负责人进来，跟他们打招呼，没想到这个项目负责人就是余博士。当余博士看到周欣，很惊讶，余博士同她握手，带着温和的笑容，说了句："这么巧。"

旁边的同事说："你们认识？"

余博士说："是啊，在空中认识的。"

周欣笑得很职业："是呀，我暑期带豆苗去看她爸，在飞机上跟余博士坐的邻座。"

寒暄过后，余博士开始就整个项目的建设以及排污、实验废渣处理等等做了详细的介绍，听着余博士专业、细致、不紧不慢的分享，周欣有点被打动。看得出，他有极其深厚的专业功底，从数据的展示，到设计的构思，都很严谨，简直无懈可击。

读大学时，周欣就特别崇敬那些学问做得好的教授，当年她和江晓晓研究生毕业一起考公务员，两人运气很好，都考取了。江晓晓放弃了这个机会继续读博，周欣也想继续深造，家庭条件不允许，父母身体不好，有个弟弟正好要读高中，她想自己早点工作可以供弟弟安心读书，也分担一些父母的辛苦。

当她听着余博士介绍，有种重回课堂的感觉，觉得自己不是作为检验人员在行使监督职能，而是一位虔诚的学生，在聆听老师教学，余博士的专业性把周欣打动了。周欣甚至想，如果当初不考公务员，她也是可以到这些500强企业工作的。不同选择也许会有不一样的人生，体制内的工作稳定，也耗掉了自己曾有的青春激情和梦想。

14

最好的答谢

汇报结束，余博士邀请大家共进午餐，他说就去企业食堂，简餐。确实是企业食堂，有包厢，这种外资企业，那么多业务往来，怎么会没有像样的招待客人的地方呢？

去食堂路上，余博士问周欣，自己刚才的介绍是否把问题说清楚了，周欣说他解释得很专业，她回去还要好好消化才能回答这个问题。

余博士说：“是吗？要知道我的博导可是法兰西科学院首席科学家，差点拿诺贝尔奖。”

周欣很吃惊：“你这样一说，我要崇拜你了，那你博士论文用法语写的吗？”

余博士说：“是的。”

周欣叹了口气：“我都想重回校园读博士了！”

余博士说：“术业有专攻，除了这点专业知识，我其他什么也不会！”

来到企业食堂，中午时分，食堂很多员工，看到余博士都会亲切地打招呼，一点看不出余博士有老总的架子，也许他是做技术出身，也凭技术立身，而且在海外待了那么多年，平易近人，亲切和蔼，这点确实比机关好多了。机关绝对是官大一级压死人，稍微有点小官职就开始打官腔了，那种氛围周欣不喜欢。

进食堂包厢，没想到沿江园区管委会李主任也在，看到周欣一行进来，过来热情握手打招呼，余博士也上去握手，说感谢李主任今天能过来，李主任客气地说，哪里哪里，这个可是大项目，园区希望你们做出一个标杆。

大家围着圆桌坐下来，余博士拿出一瓶红酒，说是自己当年在法国酒庄采购的，收藏快 20 年了，今天跟大家一起分享。李主任说那可是好酒，一定要好好品尝。分享完余博士的红酒，没想到李主任拿出两瓶五粮液，说：“红酒算是酒中甜点，白酒才是咱中国人的主酒。”

一圈倒好，周欣说：“我不能喝白酒，我们也规定了不能喝酒，下午还要回去，做评估报告，一身酒气要被领导骂了。”

李主任说：“不用担心，周主任，下午也可以不回去！”

周欣明显觉得酒桌上的官场文化有点发酵了，也不得不应应场面。

余博士来打圆场：“太感谢了，这个项目评估报告还真希望快点出来，这样吧，李主任想要敬周主任的酒，我都代劳了。”

李主任说：“看出来了，余总，你这是怜香惜玉！”

怜香惜玉，余博士看了看周欣，似乎真有那么一点。他看出周欣并不喜欢这样的场面，他也了解李主任这个人的水准，之前打过很多次交道，官场一套被他用得游刃有余了。

吃完午餐，回单位，周欣收到余博士的一条微信，说有什么照顾不周，请多多包涵。

周欣回：谢谢余博士，替我挡酒。

余博士回：没事，应该的，李主任有点贪杯，我觉得女生喝点红酒可以，白酒伤身，还是不喝为好。

周欣说：见过很多劝喝的老总，你是第一个不劝喝还替我挡酒的人。

余博士回：我和他们不一样。

是的，余博士确实不一样，温文尔雅，学问和人品感觉都是一流。很多次为企业做评估，是例行公事，这一次，她似乎带了一点感情，至少提前半个月做好了评估报告。周欣一直不知道到底该怎么还余博士的人情，这下好了，她以他最期待的方式还上了，对于他们这些事业型的人，工作远比生命更重要。

余博士当然懂得是周欣帮了忙才能提前两周完成，他很感激她，他说请她喝咖啡，本来周欣可以拒绝这个邀请，可不知道为什么她答应了。她觉得余博士很可靠，她愿意仰视他，或者她渴望去了解一个她并不熟悉的领域，感受优秀之人的做事魅力。

一个秋日的午后，他们相约在陆家嘴一个咖啡屋，26 层，这个层数在那块金融区实在不算高，暖暖的阳光从玻璃窗折射进来，悠扬的钢琴声在咖啡屋回荡。工作日的下午，没有多少人，他们在一个僻静的角落坐下来。那瞬间，周欣觉得温暖、放松、安逸，这些年，太多的时间，忙孩子忙工作，她都快忘记生活本该有的模样了，最多享用小咖啡馆的一杯卡布奇诺，而那只不过是咖啡中的快餐而已。

特级蓝山咖啡，微酸，清香爽口。余博士说：“你喝喝看，怎么样？”

周欣说：“我品不出来，就像当初我从四线城市考到上海，就觉得上海好，却说不出来到底哪里好，我也不懂培养自己哪方面的兴趣爱好，以便融入这个城市的小资情调里，我就泡图书馆，泡实验室，我估计是在寻找安全感。可是这一切对我又是那么熟悉，我爸爸是上海人。”

周欣的坦诚倒是让余博士一下子心无芥蒂，他说：“你身上也传承了上海人做事认真细致的特质，你那种感受，我也懂，我刚去法国也是这样，八十年代，西方人把中国留学生有点当怪物看，我不愿意跟他们交流，自卑。苦闷的时候，我就看了很多法国电影，背里面的台词，看了一年，发觉法语水平突飞猛进，真是意外收获。”

他们不算朋友也不算陌生人，没有利益瓜葛，不用分担责任和义务，彼此的朋友圈没有交集。大家都不用去伪装，赤裸坦诚，面对彼此，面具下那些藏着掖着的，都可以撕开呈现给对方看，周欣和余博士就属于这种最安全的交流关系。余博士看出来，他当初的判断没有错，他眼前的这个姑娘，领导眼中的好员工，孩子眼里的好妈妈，父母眼中的好女儿，丈夫眼中的好妻子，唯独掩藏了真我，这一刻在他面前，她在自我释放。

确实，周欣觉得余博士是一个好听众，没有居高临下的姿态，那么平和。每个人其实都有自己的短板，风光背后，也隐藏着太多风霜雨露，外企的天花板效应，投资人的贪婪，以及他并不美满的婚姻。是的，这么隐私的事情余博士都告诉了周欣，也许每个人都渴望分享自己的心情，余博士说他太太可能在法国待太久了，被法国浪漫情愫感染，跟一个法国男人好上了。

余博士并没有责怪他太太，而是深深反省自己，他说他的唯一爱好就是工作，是不是太过枯燥？

“不会，认真工作并把事情做到完美的人最有魅力！”

“那你觉得我是那种有魅力的人吗？”

“当然，那天项目介绍，我都被感动到了。”

余博士用会心一笑表达了谢意。

这个午后，两个成年人，温暖地聊着天。在偌大的城市里，找一个能坦诚交流说说话的人是多么难，他们都觉得很幸运，能遇见彼此。

那天之后，他们又不得不重新戴上面具回到各自生活圈中去。各自忙碌，慢慢相忘！可以欣赏，不能走近，周欣觉得像余博士这么优秀的男人身边怎么可能没有其他女人呢？

自从假期带豆苗去探亲，看到她老公房间抽屉里那一盒避孕套，她就知道自己的婚姻已名存实亡。这么多年，她与丈夫两地分居，该如何去要求一份忠贞？在婚姻里，道德自律是最不靠谱的。这样想想，周欣觉得特别没意思，男人都是一路货，估计谁也好不到哪里去。

即使这样，她也没有想过离婚，她害怕自己的家庭琐事会成为办公室里津津乐道的谈资。或者，为了让豆苗有一个完整的家，她愿意隐忍。她想要委曲求全都不行，她老公还是亮出了底牌，他要离婚，跟他一起的女人怀孕了。

初冬，微寒，周欣的心中是大雪纷飞。她大病一场，感觉身体整个被抽空了一样。她本想找江晓晓，可是想想她整天要带俩孩子，实在不愿意给她增加不必要的烦恼，在那段最难熬的日子里，她做了好多奥数题，她想把这些内容重新熟悉一遍，以后也许可以教豆苗。每个人都有寻求安全感的方式，对周欣来说就是学习。

初中时暗恋班上的一个男生，小城市男女生都不讲话，更别提表白了，为了摆脱暗恋的痛苦，就疯狂地做几何证明题。她印象很深，初中的证明题都是找辅助线，找着找着，全情投入，她就忘记暗恋这件事了。

她当时想，等自己考上重点高中就去跟他表白，而她越飞越远，最后这件事也就烂在心里，成为最暖的一段青春记忆了。许多年后想想，周欣依然会觉得那是最纯粹的一次爱情，没有男主角，她在心里爱得天荒地老，那个时候，如果那个男生需要她，她觉得自己可以为他死。

读了大学，也有人追过周欣，她总是找不到那种怦然心动的感觉，她不是一个愿意将就的人，宁缺毋滥。不过还好，大学里有江晓晓，她们一起上自习，一起做饭搭子去食堂吃饭，一起去学校电影院看5块钱的夜场。江晓晓恋爱了，刘昇周末过来约会，江晓晓还是带上闺蜜，只是周欣很知趣，说不能一直做电灯泡。

周欣都不知道是不是初中那段并未真正展开过的恋爱给了自己无限的畅想，让她始终觉得，爱情就是爱到可以为对方死的地步。只是她再也没有碰到这样一个可以为之付出的人。工作了，一切落入了俗套，爱情可以没有，年纪大了一定要结婚。豆苗的爸爸就是在周欣N次相亲之后唯一觉得不讨厌的男人，就同意了。

豆苗爸爸当年告诉她，他父母本来不太同意这门婚事，上海人不太愿意找外地女孩子，了解到她是上海知青的女儿，也算上海人吧，就同意了。

周欣觉得挺搞笑，自己终究还是沾了一下上海人的光呢！江晓晓得知周欣终于有男朋友了，很开心地问她："你喜欢他什么？"

周欣说："每次相亲，我就想一个问题，这个男人睡我旁边，他要来亲我，我会不会觉得恶心？这是第一个让我觉得不恶心的人，就同意了。"

许多年后，不知道这一切算不算太迟，周欣遇到了余博士，她似乎找到了少女时代那种怦然心动，她有点惊喜，又有点畏惧，自己早已过了那个纯粹的年纪。而且对于刚刚经历失败婚姻的她来说，实在不敢相信还有什么爱情。

临近元旦，余博士公司搞庆祝酒会，他发微信给周欣，问她是否有兴趣参加，他还说幸亏她帮忙，提前半个月完成评估报告，让他们的项目进展顺利，她是他们的功臣。

周欣爽快地回了条，"好"。

这条回复让余博士备感欣喜，又有点不知所措，在发这条消息之前，他做好了对各种被拒绝情况的预演。他想她如果拒绝了，他会告诉她这是他们企业的惯例，每年会邀请对企业发展很有贡献的人来做客，把邀请官方化，让她知道这不是他的私人邀请。

看到余博士的微信，周欣正在看一篇推文，题目是"让我堕落一次，做个坏女人”，文章的作者说自己循规蹈矩活了很多年，活得跟标杆似的，有一天特别想堕落……周欣觉得文章里说的情况有点像自己。只是周欣还没想好自己该怎么堕落，却看到了这样一个邀约。周欣想，也许这是一个很好的堕落机会，但事实上这不过是周欣用“堕落”给自己的一个借口，她想隐藏内心的这份怦然心动。

那天，周欣彻底改变了自己的形象风格，她想妖娆，她想性感，她穿了一件抹胸的红色晚礼服，头发高高盘起，美丽的锁骨，颀长的脖颈，白皙光亮。化了精致的妆，她的眼睛不算大，眼角微微上扬，深色眼影，让双眸变得立体、性感。作为从来都是穿黑白灰正装的人，穿红色本身就是对自己的一种挑战，周欣知道过完这个元旦就是自己的本命年了，三十六，青春不在，直奔中年，她突然觉得需要一个绚烂的舞台，最后祭奠一次青春。

当她到达酒会现场，已有点迟了。大企业的酒会，有点奢华，台上余博士正在致祝酒辞，他穿了件深灰衬衫，打了条暗红格子领带。比起平时待实验室里穿的白大褂，精干了不少，他们都为彼此做了精心的收拾。周欣望着余博士，内心深处有点欢喜，如果这天晚上这个男人对她提出任何要求，她想自己都会答应。

15

互诉衷肠

余博士致辞结束，从台上走下来，径直走到周欣面前，禁不住说了句："Wow，vous êtes si belle ce soir!"

周欣没听懂，满脸笑意地盯着余博士，余博士连忙解释："法语，您今晚特别漂亮！"

周欣莞尔，说："换种装束，换种环境，感觉还不错。"

"被惊艳到了，惊艳到我都想娶你了。"

"是吗，那可以娶呀，我离婚了。"

"没想到你也挺会开玩笑。"

"我没开玩笑，我说的是真的。"

“不会吧，对不起。”

“没事，我也没当真。”

余博士赶忙说：“不是这个意思，我意思是我还真不知道你离婚了，什么时候发生的事？你暑期不是还去探亲的？上次喝咖啡也没听你说起。”

周欣说：“还好，就上个月，手续都办完了。”

余博士怔怔地看了看周欣。周欣不知道为什么，其实她对余博士也并不熟悉，却天然地生出信任感，在他面前，她觉得自己特别不想伪装。不像在现实中，她处处需要伪装。

那些日子，心如刀绞，她上班还得在同事面前装得若无其事，打电话给父母还要说得轻描淡写，在女儿面前得佯装什么都没发生，这种伪装累人累心。离婚，多丢人的一件事，老公出轨，小三怀孕，简直一部狗血的电视剧，正是可以成为旁人茶余饭后很好的话题。她不愿意被人当话题，甚至单位同事都不知道她离婚了。这一刻，她告诉余博士，却无所顾忌，如果被他歧视了、笑话了，她就扭头走人，一切很简单。

余博士是个聪明人，他看出来周欣并不是找他倾诉，她只是陈述一个既定的事实而已。如此美好的夜晚，余博士说：“我有一瓶上等红酒，带你去品酒。”

周欣说：“好呀，我今天出来就是准备喝酒堕落的。”

这句话逗笑了余博士，他说：“蛮好，看看你这个东北妹子的酒量。”

他们去了酒店二楼的一家会所，进门，店员热情地打招呼：“欢迎余总。”然后领他们进了一间包厢。

高脚杯、红酒、昏黄的灯光，空气中弥漫着浓烈的荷尔蒙气息，一种暧昧的情绪在发散。周欣有些局促不安。

余博士给周欣倒了半杯红酒，举杯，他说：“非常感谢，让我们项目顺利通过评估，元旦之后，我们准备把最新研发的产品投入生产，初步计划去加拿大魁北克建厂。”

余博士的公事公办一下子缓解了周欣的不安，聊聊工作而已。

周欣不解，说：“我挺奇怪，不是亚洲地区人力成本更低，发达国家人力成本很高，为什么去加拿大呢？”

余博士说：“这个问题问得还真好，确实去加拿大人力成本会高一些，可以后产品主要开发北美市场，这样不是方便得多？还有更重要一点，他们的体系更规范，不用操太多不该操心的事。”

这句话，周欣懂。

他又举杯，“来来来，喝酒，今天不聊工作。你不是说今天要喝酒堕落，我很想看看你的酒量。”

周欣笑了笑，喝了一小口红酒，把杯子轻轻地摇晃了一下：“你想看的到底是我的酒量还是堕落？”

余博士坏坏地回了句：“堕落。”

堕落，周欣在心里默念了好几遍，余博士没说谎，很直接。周欣有点忧伤，终归还是这种套路。她不知道他到底带过多少女人来这里。

她很愿意相信余博士，却又对他们这样一个圈子充满怀疑，周欣内心很清高，她喜欢余博士，真要有所发展，她想要的是成为他的唯一，而不是之一。

这怎么可能呢？每个男人都会出轨，看起来是个好人，那也不过是没机会而已。眼前这位有才有貌的余博士又怎么可能会与众不同呢？

就像她的第一任领导，那真是满嘴仁义道德，满腹男盗女娼。记得当年很火的一部电视剧叫《蜗居》，里面有个贪官宋思明，包养了小三海藻，也不知道是不是演员演得好，本来一个反面角色，却迷倒了无数女人。很奇怪，她的领导也很喜欢看，有几集错过了，让周欣帮他下载，周欣很纳闷，调侃说：“没想到领导您也喜欢看呀。”她的领导说：“每个男人都渴望身边有一位海藻。”他的这一说法让周欣不知道怎么搭话了。

她告诉江晓晓，江晓晓开玩笑说，你领导是不是暗示你啊。这个周欣没搞清，这任领导最后被抓进去了。

周欣把这段子说给余博士听，非常疑惑，问了句：“你带过多少女人来这里？”

余博士说：“你希望得到什么答案？我说没有，你肯定说不相信；不过还真没有，你是第一个。”

余博士似乎迫切地想自证清白，头头是道地分析：“我给你说说单身男人的各种可能性。第一，我肯定不会去嫖，说真话，我觉得脏；第二，我也不会去包养女人，这不符合我的价值观；第三，我确实很期待有个‘红颜知己’，可像我整天忙得脚不沾地，压根就没有时间去找到这样一个人。第四，像你说的，是不是有一堆投怀送抱的姑娘，我还真遇到过，我的助理，当时出差，半夜敲我的房门，说想请我喝酒，我拒绝了。当时，我们决定外派一个员工去美国总部工作，她很想得到这个机会。可我接受不了太会算计的女人。”

听着余博士一条条的剖析，似乎有理有据，周欣有点感动。也许不能自己的老公出轨，受了一次伤害，就把所有好男人一棒子打死。也许余博士就是那条漏网之鱼，那个好男人呢？再说，像他这种身份，就是有其他女人，不也很正常嘛。

余博士反问周欣："你出轨过吗？你们不是长期两地分居吗？"

周欣觉得余博士挺可爱，两个离了婚的人，早已不是第一次，却迫切想成为彼此唯一。

周欣诡异地说："精神出轨算不算？"

余博士说："算啊！"

周欣说："哦，那太多了，这我要数数，有一群男人。"

余博士被逗笑了，说一群男人都有谁啊。

周欣说："我出轨的男人都在故纸堆里，过一阶段换一个，有时候同时喜欢好几个，我真的好喜欢他们。喜欢他们的智慧、喜欢他们的文采、喜欢他们的思想，我每次陷进去，都感觉谈了一场深深的恋爱。"

这么多年夫妻两地分居，对于一个女人是艰难的，周欣还是固执地守着对婚姻的忠诚，她用对故纸堆里面男人的迷恋来消除现实的残缺和荒芜。她读郁达夫写给王映霞的那些信，读得痴迷，她就把自己当王映霞，有这么一位忧郁的才子来表白，这种代入感让她每每觉得身心愉悦。

周欣还说："小城市考出来的孩子，就会死读书，没什么其他兴趣爱好，读书成了我唯一觉得有安全感的事情，可能我生活的圈子比较狭隘，也没有机会接触到什么优秀的人，只能到书里去找了。我倒希望有可以仰慕的人，让我崇拜他，我现在倒是挺崇拜你的！"

"是吗？崇拜我什么？"

"用法语写了博士论文，很厉害。可能我没读成博士，总觉得有遗憾，有机会我倒是很愿意重新回校园读个博士。"

看着周欣，余博士觉得这个女人如此特别，不作不虚，很真很善。她身上有二十世纪三十年代上海女子那种文艺气息，又同样具有东北妹子的直爽，环境和基因的影响神奇地交织在她身上。

上海这个城市，有很多漂亮女人，她们谙熟各种时尚品牌，把自己收拾得妖娆多姿。余博士在各种场合看到过很多这样的女子，她们也许不知道，自己作为符号，成了男人们最爱消费的物品；这样的女人，没有内容，总是能一眼看穿。

上海这个城市，也有很多美丽的女人，她们读书认真，做事执着，她们自立，更知性，可以与男人平等对话，不依附任何人而活，周欣可能就属于这一类，这正是余博士所欣赏的。

她想读博士的愿望，他觉得可以帮她实现。此刻，他似乎特别愿意去做她坚强的后盾，保护这个女人，让她活在她所渴望的理想中。

零点，窗外迎接新年的烟花表演正华丽绽放，这里是美丽的外滩，新的一年，周欣希望一切会有所改变。过去的一年，有点狼狈，上半年被豆苗的幼升小搞得身心俱疲，下半年被一场突如其来的背叛击得七零八落，十年婚姻走到了尽头，十年青春，感觉被硬生生糟蹋了一样。

想到这些，周欣似乎不可遏制地眼泪恣意横流。这场景让坐在对面的余博士手足无措，他抽了纸巾，递给周欣，很心疼。

他说："想哭就哭出来。"

周欣接过余博士的纸巾，擦了擦脸上的泪水，说："我还是恨他，非常恨。我本来觉得这场婚姻是一种将就，谈不上爱，有了女儿，一切就不一样了。他可以对我不负责任，不能这样对豆苗，那是他的女儿。"

余博士不知道如何安慰，语言安抚不了伤痛，这种伤，也只能靠时间慢慢地去治愈。

余博士说："蛮晚了，我送你回去。"

没想到周欣泪眼盈盈，望着他，说了句："你带我去你家吧。"

看着周欣一脸严肃认真的表情，余博士感到猝不及防，他都搞不清自己该点头还是摇头了。有时候想多了人会累，余博士想，我只要遵从内心就好了。是的，他想要这个女人，他想好好地呵护她，他想把她宠成公主，他想带她回家。

走出会所，寒气袭来，余博士用自己的外套把周欣包裹得严严实实，叫了辆出租车直奔他世纪家园的房子。是的，他一直觉得那里仅是他的一个房子，从来没有认为那是家。而此刻不一样，他第一次心中有暖意，他觉得他在回家。

进小区，进电梯，两个成年人，却又有点像两个不谙世事的少年，焦灼、期待、不安。一路上，余博士紧紧握着周欣的手，攥得很紧。周欣觉得余博士的手那么厚实、那么有力。她觉得好温暖，这些年，她是妻子、她是妈妈、她是女儿、她是员工，而这个夜晚，她只想做一个女人，一个放纵的女人。

电梯在向上，向上，终于在28楼打开，余博士掏出钥匙打开房门。黑暗笼罩房间，他并没有开灯，而是急切地把周欣紧紧地拥入怀里，深情地吻去，红酒的甜香在他们唇齿相依中发散、漂移。黑暗会带来恐惧，黑暗也会带来安全感。黑暗就像一只大手，撕开了潘多拉的魔盒，让那些年所积聚的欲望喷涌而出。她觉得自己干涸了多年的身体似乎一下子打开了，她在期待着他的吻，他的抚摸，他的进入。这个寒冷的夜晚，他们深深地陷入了彼此的身体里，温暖着不愿分开。他们像是认识了上万年，终于找到了对方。

感觉一觉睡了好久好久，刺目的阳光透过玻璃窗洒满整张床。周欣惊觉地坐了起来，看着眼前一切陌生，旁边的余博士似乎还睡得正香。她轻轻地起来走出房间，伸了伸懒腰，打量着这个陌生的房子，三室两厅，一间卧房、一间书房、一间办公室，布置得温馨而实用。她像一个熟络的女主人，进厨房为余博士做了一顿早餐，热牛奶、烤面包、煎荷包蛋，一碟水果。在餐桌上摆放好，离开。

寒冬，却挡不住周欣心中热热的暖意，她感觉整个身子轻飘飘，有人说欲望是有重量的，她第一次体会到欲望有千斤重。这一切也只能属于这一夜，留在寒冬里，留在风中。她怎么可能会让自己从一个坑跳进另一个坑。成人之间会有游戏，成人之间哪有爱情。

她需要回到她原有的生活轨道中去，做豆苗的“鸡血妈”，做父母的贴心女儿，做领导的放心员工。

元旦的那个清晨，当余博士从一场酣畅淋漓的释放中醒来，才发觉旁边已没有人，他坐了起来，一切如此熟悉，一切却又那么陌生，像是一场梦，可又不是梦，他依稀还能嗅到空间中女人的味道，荷尔蒙的味道，汗的味道，可人呢？

他披衣起床，来到餐厅，看到桌上整齐摆放的早餐，就像周欣黑白灰的正装，简单又好看。前一天晚上，她给他的是最美的甜点，在黑暗中，不，其实没有那么黑，在这个不夜城上海，最不缺的就是亮光。他记得她那红色的小礼服在晦暗的光线里，更像一幅画，让他不可抑制地要想去抚摸和亲吻，他探索着想要找到礼服的拉链，她似乎谙熟他的心思，火速把自己剥得一丝不挂，他看着她退去一件件衣服，礼服、内衣、短裤、丝袜。只是自始至终，她的眼睛都死死地闭着，他不知道她是不愿意看到他还是不愿意看到自己。

越过山坡，滑过丘陵，最后陷入在她的汪洋大海里，在起伏的波浪中，他完成了人生的第一次远航，感觉那么美妙，仿佛此生第一次经历一样。也许吧，年轻的时候不懂，懂的时候也不一定遇到对的人，有些事，可遇不可求。

早餐都凉了，余博士不想吃，也舍不得吃，他努力想象着刚刚他在睡梦中，那个女人在这个房间里是怎么忙碌的？面对陌生的厨房，她找鸡蛋、找面包，她打开冰箱、她拿起煎锅……一切收拾妥当，她凝望房间，转身离开。

这个时候，余博士突然有点自责怎么这么贪睡，他应该早点醒来，与她一起完成这一切，然后坐下来品用早餐。

他的心暖得快要化了，他拿出手机，找到周欣的微信，头像是他们第一次喝咖啡用的杯子，一只精致的咖啡杯。点开头像，打开她的朋友圈，并没有什么更新，她的头像下，是顾城那句“黑夜给了我黑色的眼睛，我却用它来寻找光明”。

余博士记得她曾跟他说，诗人只是长大了的孩子，依旧保持童真。她还问过他，八十年代的大学生都为诗歌疯狂，怎么从他身上找不到痕迹。他说可能跟自己专业有关，他学生物医药，很多大部头的专业书籍需要啃，后来他自嘲，这个是借口，他说可能就是没这方面爱好。

他突然想给她发条微信，可是说什么呢？元旦快乐或者谢谢你？他输入又删除，就是觉得不妥，他实在找不到一句合适的话来准确表达自己的心境，或者在这样一个并不明朗的关系中，该用一种什么样的语言来维系联络？

都说女人心，海底针，余博士觉得自己搞不懂周欣，说真话，主动的是她，一声招呼不打离开的也是她，难道真的如她所说，她只是想堕落一次，而自己很幸运地成为她找到的堕落的对象？这样一想，还真不知道谁睡了谁！

可这都没关系，余博士觉得自己整个胸腔有股汹涌的爱意，好想此刻她能够在他面前，那他一定会紧紧地抱住她，让她不能逃离。余博士突然觉得，他想知道与这个女人有关的一切，之前的信息，太过碎片化。

他打开她所在单位的官方网页，他在搜索栏打了“周欣”两个字，居然弹出了很多条信息。他点开第一条，是机构人员介绍栏下的内容，一张标准的证件照，旁边是一段中规中矩的个人介绍。出生年月、职位、职称、负责的项目、发表的论文名称。余博士数了一下，有八篇论文，当时他想，周欣是一个认真的人。

他打开了论文期刊网，论文标题一篇一篇复制进去，他看得出，这些论文不像是为了评职称而匆忙炮制，每一篇应该都是花了不少时间和精力。他想起前一天周欣跟他说过她的精神出轨，她会出轨故纸堆里的男人。这一刻，余博士似乎理解了这种感受。在新年的第一天，他坐在电脑前，看着他能搜索到的与她有关的一切信息，她获得年度优秀员工，她主持的项目获奖，她在领奖台上职业地微笑……他觉得心里好暖，他用“欣儿”命名了一个全新的收藏夹，收藏着他所看到的与她相关的一切内容。

他觉得自己突然像一个痴情的大男孩，这样的年纪，他似乎有点为自己难为情，爱情势不可挡地来了，也没什么好丢人，谁规定恋爱一定是年轻人去谈？

可是大张旗鼓地去表白，余博士发觉自己确实有点做不到，兜兜转转磨蹭了一天，最后，他还是给她发了一条无关紧要的微信："天气有点冷，多穿点，注意保重身体。"等了半天，没有任何回复，哪怕一句简单的谢谢。

16

民办学校“开放日”

在微信公众号上看到安安外国语小学的开放日通知，江晓晓想无论如何要报上名，去听一听。她研究过，星儿是小姑娘，外语类学校更为合适，学校地处市中心，交通便捷。

报名通知上要求有意向家长第二天早晨 8 点到学校门卫室领报名表。江晓晓有了先前报班的经验，学乖了，7 点不到，她就打的出门了。到了学校附近，司机师傅硬是没找到学校大门。在一个老小区门口，司机师傅问门卫，安安外国语的校门在哪里？门卫说，车进不去，下车往前走，看到一排红房子就是安安外国语小学。

江晓晓下车，感觉心里拔凉拔凉的，沿着门卫的指点朝前走，终于看到了一扇紧闭的铁门，旁边牌子上，写着“安安外国语小学”，怪不得司机找不到，这都什么旮旯地儿，从铁门往里看，就一排房子，前面有一小块巴掌大的塑胶场地，居然连个操场都没有。她想来都来了，先排队领表去，奇怪的是怎么没人排队呢？江晓晓想估计很多家长知道校园环境差，压根就没计划报名。

她来到门卫室，说她来领报名表，门卫跟她说这是学校后门，领表到前面排队。江晓晓绕了一圈，看到了前门，这才是她预估的场景，人一点都不少，老长的队伍，江晓晓对校园充满各种嫌弃，又觉得不能白起早了，先排队领张表。

她认识一位安安外国语的老师，她打听过，那位老师跟她说，安安外国语是海归子女定点学校，严格小班化招生。就学高峰来临，很多学校班额从 40 人扩到 50 人，而安安外国语每班 35 人，这一点，让江晓晓很满意，来了才发现，怪不得不扩招，这屁大点地方也没法扩招啊。

还没轮到江晓晓，门卫就拿着扩音喇叭在喊，家长不要排队了，报名表已经领完了。提前了一个多小时来却没领到表，郁闷，等人群散去，她忍不住去问门卫：“没报名表就不能参加开放日了？”

门卫说：“有些家长领了到时候也不来，等开放日来碰碰运气，有空缺，也会放一些家长进去。”

匆匆而来，扫兴而走，江晓晓想，领不到拉倒，校园这么小，连个操场都没有。小学 5 年，一个孩子最美丽的童年时光，不是应该有一块可以自由奔跑的地方吗？

江晓晓有点矫情，也有点失望，毕竟做了那么久的攻略，安安外国语是她综合各种因素选出的最适合星儿的学校，不像徐汇四大民办那么炙手可热，自有它的小而精。可起了个大早，连张报名表都没领到。

苑玉小学是江晓晓所在区的民办学校，只对本区招生，这是江晓晓锁定的第二所目标学校。开放日当天，江晓晓拉着刘界、星儿去参加了。

整个校园非常漂亮、气派，偌大的操场让星儿欢喜得不得了，星儿说：“小学太好啦，我想读小学了，有这么大的操场。幼儿园好小，只有几个滑滑梯。”星儿对即将开启的小学生活充满向往！是的，整个硬件条件看上去也很符合江晓晓所期待的小学模样，学校组织工作井井有条，观看了主题片，听了校长的宣讲，最后安排他们随班听课。

江晓晓带星儿听语文课，刘界去听了数学课。进教室，50个孩子，一直坐到讲台边，教室本来也就够容纳40个人，但随着生育高峰期的孩子陆续入学，学校不得不扩招。

老师在讲一篇课文，问哪位同学愿意起来朗读一下，小手齐刷刷地举了一片，站在最后一排小姐姐课桌旁的星儿也举起了小手。老师扫了一眼，课文一共三小节，她也只能请到三个小朋友。

看着大部分小朋友小手放下去的瞬间，江晓晓鼻子有点酸，她想，当孩子们一次次举手，一次次不被叫到，久而久之是不是再也不会举手了？就像初高中课堂，根本见不到举手的学生了，老师提问，有个别同学举手都会被当成另类。而在他们入学的最初，是一群多么可爱，多么求知若渴的孩子！学生这么多，老师也没办法。面对这么小的孩子，能把课堂纪律维持好，正常开展教学工作已经很不容易了。

走出校园，星儿问："妈妈，刚刚我也举手了，我看到小姐姐的课本了，那些字我都认识，为什么老师不让我读，是不是没看见我举手？"

江晓晓说："星儿这么棒，妈妈跟你说，老师要提问的是班上的同学，你现在还不是。"

星儿似懂非懂。在门口碰见一位幼儿园同学的家长，江晓晓说：“你感觉怎么样，我就是觉得班级人有点多，你说这样老师哪儿照顾得过来？”

那位家长倒很务实，说：“先考上再纠结这个问题，这里一大半条子生，我表姐家去年花了 8 万。”

江晓晓觉得那位家长说得有点夸张，条子生肯定有，不至于那么多，有关系当然谁都想用了，江晓晓宁愿相信那只是个案，入学考大体上还会是一场公平竞争。

江晓晓想，花 8 万才能读这个小学，让星儿直接进，我还得考虑考虑呢，一个班那么多人，星儿每次小手举得高高的想回答问题，老师都未必照顾得到。

理想很丰满，现实很骨感。看了两所目标学校，她不知道该怎么选择。回家的路上，刘界开着车，江晓晓说了自己的纠结：一个学校小得连操场都没有，班级人数少；一个学校硬件不错，班级人数实在太多。两所学校都很牛掰，招生简章明确表示只收第一志愿，你说我们填哪所呢？

刘界回了句完全不搭边的话：“我是把星儿先送到幼儿园还是先送你去学校？”

他压根就没听江晓晓讲什么，早上陪她们来参加开放日，也不过是被逼无奈。江晓晓有点怒不可遏，说：“你去听数学课，感觉怎么样？”

刘界说：“我没听，有一个客户打电话，我出去接了。”大马路上，车来车往，江晓晓不好发作。鉴于刘界正在开车，她也只好用深呼吸来缓解内心的愤怒了。

多看看，见得多，决策也就务实了，何必一定要选这两所小学呢？江晓晓自我安慰。全市招生的学校还多着呢。周末，她报名参加了一所在浦东的民办学校的开放日活动。

周六一大早，她拉着刘界一起去。刘界说：“不是看房子就是看学校，什么时候能过个安静的周末？”

从浦西到浦东，开了40分钟，这还是周末没堵车的路况。

刘界说：“江大宝，你看这学校干什么，考上了以后谁接送？”

江晓晓想起了上次那位家长的话：“这个问题等考上再纠结。”

车开到离学校还有500米，完全开不了。

刘界说：“你下车走过去，我找地方停车，一会来找你。”

江晓晓下了车，往前走，校门口排了长长的队伍，门卫要检查家长接收到的短信。终于进去了，江晓晓在志愿者指引下前往报告厅，进去吓了一跳，不要说座位了，连两边走廊都站满了家长，这个还不是重点，重点是这已经是第二报告厅了，他们只能在这里看第一报告厅的同步直播。这个学校只招160人，仅40个名额是针对非浦东户籍的孩子。

校长说，他们去年有2 000多人报名。什么概念？录取比10:1还多！浦东地方大，校舍很漂亮，既有宽阔的塑胶跑道，还有自己的初中，每班40人，完全符合江晓晓的理想预期。可是这点招生名额，你看上人家，还得人家能看上星儿。

不了解情况还感觉良好，了解之后才知道差距不是一点点。学总归要上，只是该怎么上呢？微信上有个帖子说，星儿这一届入学的孩子有近17万，全市所有民办小学招生人数总共也就1万人，大部分孩子最终还是要读公办小学，公办好，不用考，只要学区对口年份够，学校绝不敢拒录。

学区房，江晓晓的另一块心病。看着民办小学的热火朝天，江晓晓想，无论如何要帮二宝找一所保底学校。民办哪是你想考就能考上的？做魔都孩子的家长，不容易。

参观完，江晓晓对刘昪说："你没见学校报告厅，里三层外三层，根本没座位，我站了一个多小时，后面再来的人连站的地方都没有。"

刘昇说："你下车之后，车堵了半个小时，一动不动。好不容易找到一个停车位，还遇到一个黄牛，他跟我说花 15 万可以帮忙把孩子搞进去。"

"他给你留电话了吗？"

"你真信啊，他给了我一张名片，被我扔垃圾桶了。"

江晓晓也不愿意相信黄牛会有用，各种小道消息甚嚣尘上，以前把什么都没准备去面试称为"裸考"，而现在，"裸考"专指没有托关系就去面试的孩子。可是江晓晓谁都不认识，想花点钱都不知道给谁送。黄牛既然敢在校门口发名片，也许有他的歪门邪道，家长也不会白痴到直接给他 15 万，至少要孩子被录取了才会付钱嘛。

一场幼升小，哪是考孩子？完全是父母资源的大PK，拼时间、拼金钱、拼关系，反正各种拼，江晓晓第一次有了深深的无力感。

民办学校，僧多粥少，竞争残酷。还是学区房最保险。可是，房市似乎没有一点退烧的迹象，她不是不想买，实在没有合适的房源，从春节到现在，她周末几乎风雨无阻地去踩点，看房，实在是一房难求。她感到极度迷茫。

17

楼市“新政”

3 月 25 日要出房产新政，消息有鼻子有眼传开了，当天生效，二套房首付比例提高，认房认贷，真真假假，让江晓晓内心慌乱不堪。中介小周的微信，倒是让她看到了一些曙光。

小周说：“江姐，我们总部接到消息，要出新政，以后认房又认贷，上次你说全款付，既然有那么多现金，为什么不贷点款，买大点面积，总价高点，单价会低很多，有一套三楼 87 平方，520 万，大部分购买人群集中在 200–400 万，小户型出来就被抢。你们现在没有其他贷款，赶在新政前，还可以做成首套房贷款，享受到 85 折利率优惠。”

江晓晓听小周一分析，觉得也挺有道理，这阶段就一门心思想着买套小户型挂户口，买套大点，以后宝宝真要读书可以住，也是一举两得。那套87平方的房子，江晓晓也不是没考虑过，就是一下子要贷款200多万，压力比较大。

小周说，房子暂时不住，租出去，租金至少每月7 000元，月供基本就解决了。房子是三楼，金三银四。

江晓晓怪自己一根筋，怎么就没想到这种解决办法呢？贷款200多万，江晓晓计算着，那一个月就得还一万多。她想刘昇又要叫苦连天了，估计他应该不会同意。

晚上，等宝宝都睡下了，刘昇拿着手机看球赛，江晓晓凑上前去，讨好地说："像你这种真球迷，等下次世界杯，赞助你到现场看，是不是会很过瘾？"

刘昇满腹狐疑地看了看江晓晓："江大宝，你是不是有什么事情要跟我讲？"

江晓晓挽着刘昇的胳膊："嗯，还是你懂我，我有一个伟大的设想：为什么总是盯着小户型，为什么不多贷点款买套大一点的房子，总价是高点，单价低啊。买下来先租出去，租金也可以还还贷款，等到阳阳要读书了，大户型全家也可以住，如果买那种60平方的户型，难道全家去蜗居？"

“你说的大户型多大呀？”

“87 平方，小三房，三楼，520 万，单价 6 万不到，同一小区小户型都 7 万了。”

刘昇哼了一声：“想得很美好，钱呢？”

江晓晓说：“贷款呀！”

刘昇直直瞪着江晓晓，问：“谁还？”

这话很伤江晓晓，明知她还不起，还这样问。江晓晓似乎第一次理解一个词叫“人穷志短”。

怀揣美好的理想在象牙塔里待了很多年，可象牙塔不会给她物质回报，在上海这地方，大学老师这点收入最多让你饿不死，连体面的生活都没法保证。淡泊名利，说得容易，坚持不易。

说出来很丢人，这个家确实都是刘昇一个人在支撑。她研究生毕业考上公务员，所有人都劝她去工作，这么好的职位放弃了太可惜。她当时鄙视他们，觉得俗，她有理想，她可是要做中国的居里夫人。考公务员只是为了博士没录取留的退路，绝不是她想要的出路。而理想变得越来越远，不要说成为居里夫人了，能把副教授评了就谢天谢地。

江晓晓倒确实没后悔过，想想人生中有那么一段不食人间烟火的日子，也是一种纯粹的幸福。那时候，很多朋友称她为神仙妹妹，只是不小心，若干年后，神仙妹妹坠入凡间了。她不再理想飞扬，满腹是大宝的幼升小，二宝的学区房。

如今却一样都没解决，她当然知道有关系托个人花点钱进民办小学也不是什么难事，可哪里能搞到这神通广大的关系呢？人是认识一些，也不过是如自己一样的小喽啰，没有话语权，充其量也就能打探点信息，仅此而已。二宝的学区房又该到哪里寻觅呢？纠结来纠结去，关键还是穷，有个 1 000 万，也不用风里来雨里去折腾这么久，再有钱，直接移民得了。

深更半夜，想想这些糟心事，没忍住，眼泪吧嗒吧嗒地流了下来，她的哽咽吵醒了正在熟睡的刘界，他赶紧翻身搂着江晓晓，心疼地说："媳妇，别难过，我明天具体算一算，你说的方案也不一定不可行。乖，睡觉了。"

在买房和陪娃这两件事上，刘界确实算是猪队友一枚，对江晓晓，那是真爱，他最见不得江晓晓的眼泪。江晓晓看房很积极，善后工作就都由他来完成了。有钱出钱，有力出力，开始是他对江晓晓说，后面就是江晓晓对他说了，她出完力了。

刘界周末陪星儿上过几次课，也有点吃惊，每次讲 10 道题，每题 10 分，那么难，有些连他都不能立马给出答案，每次都有孩子考出 90 多的高分，而星儿，都在平均分线上徘徊。以前，孩子上学的事确实都是江晓晓在管，他完全没上心，如今亲身经历，感觉真是难以理解，上海的孩子怎么搞得这么辛苦？民办小学的确比想象中难考得多，江晓晓着急也有道理，给二宝搞个学区房也是对的。

刘界年薪 50 万，在同龄人中算不错的。上海房子动辄几百万、上千万，也就以房换房，才能周转。指望薪水买房，对大部分人来说，都会很困难。一般的人也就 10–20 万的年薪，比如像江晓晓这样的大学老师。

当江晓晓一脸轻松地说“贷款呀”，刘界觉得压力被一瞬间转嫁给自己了。贷款 200 万，月供也能供得起，可背着一身债，日子就没法过得宽裕了。本金总是要还的，一年省 30 万，也要七八年才能还完，这期间，他不能生病，不能被裁员，不能失去竞争力，还要老人身体健康，孩子平平安安。任何一个地方出现闪失，可能都会让家庭财务状况出现危机。

房子还是要换的，刘界想，像江晓晓说的，不如直接换大点，趁还年轻，再辛苦一下，以后两套房，孩子一人一套，等老了，跟江晓晓回兴湖老家。

江晓晓看到刘界的微信，吃惊不小，怎么就同意买了，前一天晚上还阴阳怪气呢，她不知道，刘界用了一夜的时间在消化她转来的压力。

折腾了大半年的学区房终于尘埃落定。那天是 2016 年 3 月 23 日，江晓晓记得很清楚，他们赶在新政前签了购房协议。中介约了银行的工作人员，他们各自从单位开了收入证明，按他们贷款额度，2 万就够了，江晓晓开了 1 万，刘界开了 1.2 万。银行人员了解他们工作性质之后，确定由江晓晓主贷，高校，事业单位，更容易审核通过。

江晓晓扬眉吐气，对着刘界说："挣得少没关系，关键时候可以撑撑场面。"

刘界说："那是，每次客户了解我老婆是博士，就立马把项目委托我了，连博士都能搞定的男人比较靠谱，不过他们不想想，女博士一般都嫁不出去。"刘界的话逗得大家哈哈大笑。

终于搞定了，可以把心放到肚子里睡一个好觉了。自从决定给儿子换学区房，真是走上一条不归路，看着自己轻飘飘的身子，简直是因祸得福，一帮女人整天在朋友圈嚷着减肥，又是吃素又是吃草，貌似效果也不明显。减肥，最靠谱的办法就是给娃搞学区房，折腾半年足够了。

剩下就是按部就班地走程序。3 月 25 日，政府真的出台了新政，当天生效，江晓晓长舒了一口气，一切真不是空穴来风，自己运气不错，在新政之前敲定了。而且享受到了首套房的贷款利率和付款方式。

江晓晓想着等银行贷款审批下来，就可以顺利过户了，银行工作人员说过，像他们这种工作背景，审批会很快。

学区房解决了，星儿的学怎么上呢？有天，江晓晓跟同事在食堂吃饭，同事家小朋友在海大附小读一年级，她向人家讨教经验。江晓晓知道她家没有对口海大附小的学区房，她想了解海大附小每年会匀多少名额给本校学区不对口的职工子女，又是按照什么标准确定谁可以录取。参加了几所民办学校的开放日，到哪都是黑压压的一片，信息了解越多，心里越没底，星儿这水平，考上民办小学的希望渺茫。

然而，她的同事神秘兮兮地说："你千万不能外传，我们是花了5万块钱搞进去的。"

江晓晓有点吃惊，说："我懂，不过5万块钱送给谁呢？总要托关系吧？"

江晓晓追问了句，说："你们托的什么关系啊？找你们学院院长吗？"

她的同事无奈地说："院长没用，我找的黄牛。"

魔都什么事都会有，拍个车牌找黄牛就算了，连孩子入学的事黄牛也能搞得定，也真够神通广大。论坛上流传的各个学校明码标价的择校费，还不一定是假的。

江晓晓问："那你还有黄牛的联系方式吗？有的话推送我，我要愁死了，去参加几所学校开放日，人山人海，不知道怎么会有那多人？"

她的同事说："我一会发微信给你，他们一般会要求预付一万，剩下的钱等孩子拿到录取通知书再给。"

江晓晓之前遇过黄牛，不认识，觉得肯定是骗子，而眼前有活生生的案例在，她想，这个黄牛可能比较靠谱，她要留着做后备方案，万一星儿民办学校没考取，她就找黄牛搞定海大附小，花点钱就花点钱，总比上对口的小学强。

这顿午餐，江晓晓吃得很有收获，吃得也很好，三菜一汤，才 9 块钱，除了大学食堂，哪里还有这么便宜的饭菜？大学教师挣得少点没关系，花得也少。刘界在外企，挣得是多一些，中午吃顿饭，没有 30 块钱就别想吃饱。

江晓晓美滋滋地想，一切还算顺利，二宝的学区房搞定了，老大的退路也找好了。

就在这个时候，她接到了银行工作人员的电话，她看到手机上显示"小陈（银行）"，非常欣喜，以为贷款审批了，她就可以约上家办过户了。

小陈说："您好，江老师，你们申请的贷款遇到点麻烦，我报上去被退回来了。您的工资额度开了 1 万，根据银行流水明细计算只有 6 000 左右。"

江晓晓有点懵："不会吧，财务不会造假，他帮我计算过，是这个收入。"

"不是，我想了一下，可能是你去年休产假。期间是不是没有工资收入？"

"对的，不过休产假发的生育补贴比工资高，钱也是划到这张卡的。"

"那不行，生育补贴不能作为工资收入计算进去。"

"那还有什么办法弥补，不会审批不下来吧？"

"这个窟窿没其他途径补，就很难说了，好多人赶在新政前签了购房协议，银行贷款压力很大。"

哪壶不开提哪壶。她做梦都没想过，休产假导致的工资变动还会在这种时候带来麻烦。

18

贷款审批遭拒

春天来了，梧桐树泛出了绿意，迎春花姿意开放，黄灿灿。读书的时候，每每这样的季节，江晓晓的内心都充满诗意和感怀。然而，此刻看着这一切，却为什么如此腻烦呢？

江晓晓长长地舒了一口气，对自己说，好事多磨，办法总会有的。其实，她想不出任何办法。电话又响了，她看了看手机，是上家王先生打来的。江晓晓想，他一定是来问她贷款有没有审批下来，他家在郊区买了别墅，前期款已经缴完，需要在6月初把200万的尾款交付。人倒是通情达理，一直跟她强调，务必在6月上旬将房款到账。

江晓晓没有接，任凭铃声响着直到停止，她心烦意乱，不知道怎么回答，要不是贷款审批出现了意料外的障碍，一切本可以按计划进行。

回到办公室，江晓晓看着学生交上来的一堆实验报告，有理有据，实验目标、实验方法、实验器材、实验过程、实验结论。

江晓晓在纸上胡乱写着：目标 – 学区房，办法 – 无。

不过，江晓晓还是回了王先生的电话，对方客客气气，确实是了解贷款审批的情况，江晓晓说："还在审批中，您放心好了，我会盯着的，一下来我就给您打电话。"

王先生说："谢谢江老师，我就问问，只要 6 月上旬能到账就可以了。"

江晓晓不知道，上家一直在强调 6 月上旬一定到账，因为他家借的是高利贷。

江晓晓没有说贷款卡壳，她焦虑，要是审批不下来，那该怎么办？好不容易消停了 20 来天，日子又被搅成一团烂泥。

她不知所措，手机又响了，是周欣打来的，她真是自己的守护神，可以问问周欣该怎么办。

接通，周欣问："星儿准备得如何了？我跟你说，豆苗学校在招生，可以预约面试，星儿要不要来试试？"

“是吗？小学招生不是统一五月初吗？”

“有些会安排提前面试，一般不会明着宣传，你有空打招生电话问问看。”

“哎，我现在被房贷搞死，去年休产假，说没有工资收入，银行流水断了几个月。”

“这样啊，你先别着急，实在不行，根据现有额度贷好了，看看缺多少，我这里还有点，可以先借你。”什么叫朋友，就是在你最无助的时候义无反顾帮你扫除后顾之忧的人。

江晓晓哀叹了一声：“亲爱的，你真是太好了，我有需要再跟你说，我先尽量自己想办法解决。好久没联系了，你现在怎么样了？”

“都挺好，估计会有一些变动，等有时间细说。带两个娃，别那么辛苦，很多事情，人算不如天算，顺其自然。”

接了周欣的电话，江晓晓的心情变得好多了，其实她比周欣大，可周欣表现得更像姐姐。也许她本身确实也是姐姐，任何时候似乎变着法子要照顾别人。

晚上回到家，江晓晓吃好晚饭，陪星儿做幼升小的练习，看图说话、思维训练、即兴表演，星儿大班才开始准备，有点晚，江晓晓觉得星儿进步挺大，她看着星儿有模有样地把两幅简单的图编出了一个很生动的故事，内心充满欢喜，不到最后时刻，不能放弃努力，万一考上了民办呢？陪读结束，江晓晓想她要打电话给豆苗学校，录不录取没关系，先找个地方模拟面试。

这一天，江晓晓过得起起伏伏，临睡前，她跟刘畀说："银行贷款批不下来了，流水不够。休产假那段时间没工资收入。"

也许这几个月，经历过各种事，抗压能力增强了，说这件事，江晓晓一脸平静。

倒是刘畀听了这话很吃惊，"贷款批不下来，那就麻烦了，你想上家肯定把首付款转给别人了，买不成，钱都拿不回来。"

江晓晓说："周欣倒是有个建议，按现有额度贷，能贷多少贷多少，剩下可以跟她借。"

刘畀说："借钱这事算了，尤其朋友间，也不是小数目，流水差了 4 000，我再想想办法。"

到底有什么办法呢？

无论如何，要带着希望前行，只要愿意思考，办法总比困难多。累了一天，江晓晓迷迷糊糊睡着了，梦见自己带着星儿去面试，黑压压的人。这个梦重复做过多次，尤其在她参加了很多学校开放日，梦境的恐怖程度似乎更甚了。一直梦见星儿被别人踩到，而自己声嘶力竭地想要保护却又无能为力。

惊醒，江晓晓总是一身冷汗。

第二天，江晓晓打了祥云双语招生电话，工作人员告知她在周四下午 13:30 会有一场面试，可先预约。

江晓晓告诉了工作人员孩子的姓名、就读幼儿园等相关信息。她没抱什么希望，最主要想先找个地方检验一下小朋友的水平，为5月初的冲刺打个基础而已。再说，那个学校又远又贵，考上也不一定去。

此刻，刘昇给银行的小陈打电话，咨询现金收入是否可以计入流水，刘昇跟小陈说："项目奖金也是我的收入，每次用现金方式发放。"

小陈说："每个月都有，应该可以。"

刘昇庆幸公司楼下就是银行，每次发了现金立刻去存，否则哪里搞这样的流水？

那天，拉好银行流水送给小陈，小陈还有点公事公办，说先整材料报上去，刘昇顺带塞了一张购物卡。中国是人情社会，礼多人不怪。

总算幸运，无意间的行为，派上了用场。当然，刘昇是一个顾家持家的好男人，他不抽烟不喝酒不赌钱不好色，唯一的爱好可能就是看看球赛了，还动不动就被江晓晓挤兑。江晓晓哪知道，为了她活在云端的理想，他一直在努力工作。

19

意料中的落榜，意料外的神伤

祥云双语还要面试家长，江晓晓很紧张。她想不起自己什么时候参加过面试。她想起来了，唯一的一次，公务员面试，穿了正装，高跟鞋，挤得她脚趾疼。

大部分时间，休闲外套、牛仔裤、平底鞋，舒服，周欣的着装，她穿不来。可正式场合，正装是必须的，比如带星儿去面试，连带自己一起要被校长面试。

江晓晓特别感谢学区房的一番折磨，让她瘦了回来，她翻箱倒柜，找出一套学校校庆给老师定制的衣服，还不错，身体没走形，成功地塞进了西装、一步裙，头发精心盘了起来，让她的瓜子脸看起来更立体，一条爱马仕的小方巾，随意打了十字结。

星儿扎了高高的马尾辫，一条小格子连衣裙，简单大方，星儿一直跳舞，小腰板笔直，她脸蛋随妈，漂亮，皮肤随爸，白。长大也是一个大美人。

她们手挽手准备去祥云双语面试，乘上车，刘界对江晓晓说："你打扮得跟空姐似的，吓人。"江晓晓心情好，听什么也不刺耳，还能有空姐的样子，这是夸自己。

抵达学校，领了一张报名表，在工作人员指引下，前往报告厅，哇，好多人，幸亏打扮过了，这也太正式了吧，爸爸们西装领带，妈妈们妆容精致，小朋友个个灵气扑面。

这个刘界，以为是车夫，穿得有些邋遢。一家人往后走了十多排，才找到合适的空位。大屏幕滚动播放着学校的宣传片。

面试还没开始，江晓晓拿出报名表，第一栏填写小朋友的信息，第二栏填父母的，最高学历、毕业院校、职业、单位名称。真是要拼爹妈！江晓晓不知道自己的博士学位会不会给星儿带来加分。

面试开始分组了，小朋友一个个兴高采烈，人生的第一场面试，他们觉得很好玩。江晓晓交待星儿，不要紧张，要懂礼貌，见到老师主动打招呼。

星儿说："妈妈，你烦死了，都说多少遍了。"在叫到名字，星儿蹦蹦跳跳跟着老师去面试了。

倒是江晓晓自己，感觉手心直冒汗，好没出息，怎么也是在考试中身经百战的人，可这人生头一回陪女儿面试，着实不一样。话说有个段子，高考第一天，妈妈要穿旗袍，叫旗开得胜。一帮中年发福的大姐真的穿起了旗袍。江晓晓看到新闻还嘲笑她们，想想等到星儿高考，自己肯定也会穿的，宁可信其有，不可信其无。

等待面试的家长，被工作人员领到了一间会议室。江晓晓好后悔什么攻略没做就来了，至少也该去家长论坛看看学校的评价，研究下历年面试题。可这也不能怪江晓晓，要不是周欣提醒，她不会把这所学校列入计划。在江晓晓的潜意识里，认为这个学校比较国际化，入学的孩子以出国为主。要是没有老二，江晓晓也许可以考虑让星儿一路国际化，如今有了两个娃，费用吃不消。

都说不让孩子输在起跑线上，实际上，每个孩子投胎时就完成了起跑线的划分。有护照、外籍的孩子可以上美国学校、英国学校或者一些民办学校的国际班；没有护照，家境殷实的孩子可以读双语学校、国际学校；对于江晓晓这样，对孩子的教育有所要求，称为“中产”的一批人，可能就是在各区最为亲民的民办学校这一档里 PK 了。

江晓晓看看周围的家长，大家似乎都有备而来。江晓晓对自己说，不要胡思乱想了，静静心，面试家长能面什么呢？问问育儿理念？等待期间，她开始观察每位家长进去出来的时间，打开手机计时，每个人进去一般四五分钟，按正常语速，是要说 800–1 000 字，这是江晓晓主持学术会议积累的一些经验。多少学者到场，每位学者演讲多长时间，这样的时间发言稿多少字。江晓晓有点发虚，这样一来，要说的话应该还挺多。搞不清楚面试是让家长一个人讲，还是跟校长互动呢？

作为学理工科的人，江晓晓还是顺利理出了头绪，她在笔记本上把星儿的特点总结了一下，列了几个要点。

轮到江晓晓了，紧张有一点，经过梳理，她也心里有数了，兵来将挡水来土掩。进了面试室，校长友好地示意她坐下，江晓晓对校长表示了感谢。校长说：“非常感谢您带孩子来报考我们的学校，作为家长，您应该最了解自己的孩子，请您谈谈吧。”

江晓晓说：“我的女儿叫刘星尔，她身上有三个方面的优点比较突出。一是坚持意识，她从中班开始跳舞，每周一次，已经考出了中国舞四级证书了。刘星尔一路跳下来，都不怎么需要我逼迫，练舞蹈很辛苦，她坚持下来了；二是特别有语言天赋，她从小班开始，一个故事听两三遍，就能一字不落地复述出来，我发觉她这个特点，开始有意识做了一些训练，帮她录制故事，断断续续已经有300多个故事了；三是很有自觉性和条理性，我家有二宝，我不一定有时间一直陪在她身边，我把需要完成的任务布置给她，讲清规则，她都能很有质量地完成，这么点孩子，很不容易……”

江晓晓看着校长频频点头，觉得自己摆事实讲道理，虚实结合，发挥得不错。出了面试室，江晓晓对自己的表现很满意。

星儿看到妈妈，很开心地说道：“妈妈，面试太简单了，我都会，我肯定能考上。”

她连忙做了一个“嘘”的手势，心想这娃一点都不谦虚。

到接待大厅，交了报名表。出教学楼大门，江晓晓长长地舒了一口气，说了句：“紧张死我了。”

星儿不解：“妈妈，你为什么紧张啊？”

江晓晓说：“校长还面试妈妈了。”

星儿说：“你那么紧张，那你回答出来了吗？我都会的，会不会我考上，而你考不上啊？”

江晓晓握了握星儿的小手，说：“不会，妈妈也都答上来了。你快跟妈妈说说都面试了什么。”

看到操场上有奔跑的小朋友，星儿没有回答就跑开了，看着星儿撒腿奔跑的样子，江晓晓觉得这才是童年应该有的模样，想想之前自己心仪的安安外国语学校，连个操场都没有。

这个学校真的好，小班化教学，每个班配备中外教班主任，除了通用教材，还使用美国、新加坡的原版教材，气派的校园建筑，丰富的选修课程，看着学校橱窗栏的介绍，江晓晓心动了。

初中直升，想出国，以后直接读高中的IB，都不用操心择校了。这所学校除了离家有点远，没啥缺点。当然，价格是辣眼的，一学期45 000元。

回家的车上，江晓晓又开始盘问星儿到底考了什么。星儿想了想说：“考了好多，老师问谁会讲故事，我就举手了，讲了个《青蛙哥哥练气功》，老师说讲得好，奖励两颗小星星。”

“每个人都讲了吗？”

“不是，就我讲了。”

“除了讲故事，还有其他问题吗？”

“有啊，看动画片，英文的，老师让我们把听到的内容讲给她听。我听到了 noodle、pizza……还让写了 26 个字母。太简单了，我都会。”

江晓晓觉得挺好笑，小孩子就这样，只要会一点，就认为自己都会。

幼升小的面试，毕竟针对 6 岁的孩子，一般以游戏为主，还会奖励小星星、小饼干，小朋友对人生第一场考试表现得欢欢喜喜。

江晓晓问刘昇，要是星儿被录取了，上不上啊？

刘昇很干脆，说：“当然上！”

这个干脆倒让江晓晓很惊讶，星儿在一边说：“我要上，我喜欢这个学校。”

江晓晓对星儿说：“当然，星儿要是考上了，我们就来上。”

江晓晓把手机给星儿玩游戏，对刘昇说：“学校挺好，就是一学期 45 000 的学费有点贵。”

刘昇说：“挣呗，相比于 500 万的学区房，这点钱不就是小钱。”

刘昇这么爽气，江晓晓觉得他的转变尺度有点大，这可是当初建议女儿读家门口小学的爸爸。有钱真好，自己挣一年不吃不喝都不够，还是拼爹吧。

车快速地行驶在中环上，高楼林立的上海，江晓晓觉得这个城市美丽又荒凉，自己不过是这个繁华城市的一粒尘埃。

晚上，江晓晓问刘界，你下午在车上说的是真的假的？刘界说："你们去面试，我把学校宣传片仔细地看了，很有腔调。"

江晓晓说："看不出来，以为你刷手机，没想到这么认真，表扬一下。"

刘界说："那是，要考上了还不是我掏钱，那我得考察下投入产出比。"

本来准备找个地方热热身，这么一了解，喜欢上了，江晓晓开始了忐忑的等待，原来手机都调静音，那几天一直打开，生怕错过电话。

周四面试，那应该下周的周一出结果吧。等到周一，过了大半天，什么动静都没有。江晓晓想要不要打个电话问问，也许学校已经通知过了，只是星儿没被录取，才没接到电话。她打过去，电话接通了，一个甜美的声音传来："您好，这里是祥云双语学校……"

江晓晓说："您好，上周四面试的结果出来了吗？"

学校工作人员说："出来了，下午我们将开始陆续通知。"

江晓晓说："好的，谢谢。"

挂了电话，江晓晓把手机放桌上，盯着看了好一阵，对着手机，说："你一定不能罢工，要给我乖乖地响。"

中午去食堂吃饭，江晓晓吃得心神不宁，星儿说自己面试很好，还主动讲了故事，也不知道会不会加分。没办法，只有等了！

时间一分一秒过去，没有动静，江晓晓开始自我安慰，星儿报名号比较靠后，即使考上也要延迟一点才能通知到。

江晓晓又觉得不对，这个通知应该按小朋友表现水平来的，特别优秀的小朋友肯定是第一批通知到。江晓晓这样一想觉得完蛋了，学校老师说下午开始电话通知，可都快傍晚了，还是毫无消息。

20

拼了一回妈

临下班，电话来了，江晓晓瞬间按下接听键，手机里却传来了，“喂，江姐，您还在看房吗？这里出来一套……”

江晓晓立马挂了电话，上海新政一出，效果立竿见影，这阶段接到了好多说愿意降价的房源推送了。一个月前，买家可是整天揣着定金都付不出去。那个签独家协议的老教师还曾委托中介转达他们出售房屋的愿望，可以降 10 万。

只是江晓晓已经买好了，现在最头疼的就是这个贷款不要再出岔子了，还有就是希望星儿顺利通过面试。江晓晓想起周欣哭得上气不接下气的情形，觉得这一刻终于轮到自己来体会了。

江晓晓准备搭地铁回家，后改乘公交，地铁里信号不好，万一学校来电话了呢？就这样患得患失地给刘畀打电话，她说早上问学校，学校说下午通知，问刘畀有没有接到过电话。江晓晓是明知故问，表格里准确地写了自己是第一联系人，刘畀是第二联系人，只有第一联系人联系不上才会联系第二人，而自己下午分分秒秒盯着手机，不可能错过任何电话。果不其然，刘畀说：“没接到，面试结果出来了吗？”

江晓晓说：“出来了，估计星儿没考上。”

挂了刘畀的电话，搭上公交车，江晓晓百无聊赖地翻看微信朋友圈，星儿幼儿园的一位同学妈妈发的，她儿子考上了。

那位妈妈在朋友圈里写着：感恩，妈妈一直担心你是八月份的男孩，会不开窍，人生第一场面试如此棒，妈妈好开心。收到祥云双语录取电话了，幼升小提前画上圆满的句号。

江晓晓看了看时间，这条消息发送于两个小时前。江晓晓想那个小屁孩都能考上，星儿肯定没问题。八月份男孩，班级微信群天天被老师点名批评，江晓晓有点不死心。

回到家，老人已把饭做好，一般让她们娘俩先吃，吃好饭，江晓晓就带着星儿做功课了。

到房间里，星儿拿出绘本，问江晓晓："今天是要读这个故事吗？"

江晓晓说："星儿，你面试都回答出来没有啊？"

星儿被问住了，她说："问题都好简单，我都会。"

江晓晓说："可是，今天下午有小朋友家长接到录取电话了，妈妈没接到。"

不管准备得是否充分，但近一年灌输，已使星儿非常明白自己是要考一年级。星儿怯怯地问："妈妈，我是不是没考上？"

看着星儿一脸委屈，江晓晓也说不出是什么滋味，她心疼女儿，这么点大，每天晚上 2 个小时功课，认字、读故事、思维题、英语、舞蹈、钢琴。以前觉得大城市的孩子幸福，现在看来很辛苦。江晓晓记得有次单位组织支教，有老师就把孩子带去了，他们想着让孩子看看山区的穷困，上不起学吃不饱饭，回来要好好学习，珍惜幸福生活。可家长都错了，孩子都说山区好，上课迟、放学早，不用写作业，走山路回家还可以打小鸟，遇到小河塘还能捉小鱼，羡慕得不得了。

城市的孩子过的都是父母规划好的清单式生活，不知是幸还是不幸？江晓晓想自己有点反应过度了，她对星儿说："估计还没通知完，妈妈也不确定你有没有考上！"

星儿看着妈妈，说：“要是我考不上，你会怪我吗？”

星儿这一问，倒把江晓晓的眼泪问下来了。她说：“不会，妈妈不会怪你，而且你一定会考上，还有好多学校可以考。”

星儿说：“我要考不上，是不是就要去很差的小学读书？”江晓晓很吃惊，这谁跟你说的？星儿说补习班同学，那个同学妈妈跟他说，考不取就只能去很差的小学读书。江晓晓说，不会，上海的小学都很好。

成年人以为孩子不懂，其实孩子什么都懂。星儿是懂事的，江晓晓想，不管结果如何，孩子都还小，后面的路还很长，小学5年，好好努力，小升初可要从长计议。这个夜晚，江晓晓翻来覆去睡不着，民办小学，真没那么好考。

真的什么都考不上，就只能上对口金普小学了？江晓晓推醒身边睡熟的刘昇，他被吓了一跳：“媳妇，怎么啦？”

江晓晓说：“我睡不着，民办小学估计考不上，我有个同事通过黄牛花了5万进了海大附小。要不我明天去问问看，不能到报名再去找关系！今年，我们学院就一个名额，我报是报了，没什么希望。”

刘昇迷迷糊糊，说：“行，你问问看。”

完全是打发人的口气，当妈的都快成热锅上的蚂蚁，当爸的却能鼾声如雷。

如果再给她一次找对象的机会，她要问对方的第一个问题：以后生了娃，读了书，你能陪读吗？不能，直接cut。陪读，这才是不归路，长年无休。

一夜半睡半醒，总算熬到了天亮，江晓晓眼睛很不舒服。她乘地铁到学校，早上有两节课。江晓晓突然觉得自己很了不起，海大本硕博连读，而台下坐着的学生也算是千里挑一，即使上海本地考生，能考进海大也是市重点高中里出类拔萃的学生。

星儿能跟自己一样，考进海大，她就知足了。可考进又能怎么样呢？要不是刘昇挣得多点，自己这点收入是毫无指望的，祥云双语确实好，即使星儿考上，靠自己这点收入压根就读不起。这一刻，江晓晓内心有点自卑。

江晓晓拿出手机，给黄牛打电话。那个黄牛叫成功。这名字起得真是很成功，能搞到上海滩好学校入学资格的黄牛一定很牛逼。

接通了，江晓晓说："您这里有没有办法进海大附小？费用怎么算？"

成功说："今年卡得紧，不太好弄，至少8万，预付2万，要先打点，事成之后，再付余下的6万，不过有一点，万一办不成，预付的 2 万不退。”

“那你一般有几成把握？”

“这个还要以小朋友自身条件以及家庭情况、户籍信息来判断，不好说。”

“那我是海大老师，会有点优势吗？”

“会有，作用也不大，你们海大那么多老师。”

“如果我有意向，需要提供什么？”

“孩子的基本信息，一张两寸照片。”

为了上个好学校，家长真是费尽心思，而哪里有市场，哪里就有黄牛。江晓晓原来对这些做法嗤之以鼻，现在却觉得也没什么不妥，花钱能办成事，彻底解决她的后顾之忧，她也愿意。

无论如何，最多也就是2万块钱打水漂而已，江晓晓想好了，若民办学校颗粒无收，就只能走这条道了。

人就是这样，找好了退路，就心安多了。江晓晓上好课，午餐完，回到办公室，把躺椅放好，倒下呼呼睡着了，等待、焦虑了好几天，极度疲惫。醒来，习惯性拿起手机，打开一看，10 个未接来电，江晓晓有点惊愕，这什么情况？

江晓晓点开未接来电，9 个不认识的号码，1 个刘界打来的，江晓晓突然欣喜，不会星儿考上了吧？心跳加速，她想，先给刘界打电话问问，也许自己没接到，刘界接到了呢。

她拨通了：“刚睡觉了，你打我电话？”

刘界说：“对，银行贷款审批通过了。”

江晓晓只是“哦”了一声，她说：“我还以为星儿录取了。”

白激动了，贷款审批下来也算了却一桩大心事，可这个关键点上，她最想接的还是星儿的录取电话。

未接来电，多半又是中介来问她要不要买房，她突然不知道压在新政之前买房的决策算不算正确，也许目前，她倒是可以挑挑拣拣了，自从新政出台，中介电话接连不断。但买都买了，毕竟是学区房，以后二宝上学，至少有个保底学校，也不用如此愁肠百结了。

一场期待落了空，江晓晓觉得挺奇怪，准备面试之前想的就是去打打酱油，考不考上无所谓，为什么当知道没有被录取，却感到无限失落呢？陆陆续续也算准备了大半年，晚上雷打不动两个小时，周末各种培训课程赶场。小孩子的自觉性哪有那么好，只能靠家长盯。盯得不耐烦，她就会对星儿吼，每次吼完又特别后悔。

身体累、精神苦，能换来一个好的结果，这一切都可以忽略不计，第一次打个酱油都失败，有点受伤。

江晓晓给周欣发微信抱怨：星儿去面试祥云双语没录取，我真不知道还那么难考！

发完微信，江晓晓的电话就叮铃铃响起来，是周欣打来的。

周欣说："晓晓，这个没录取很正常，我倒也没仔细关注，听说已经有过两三轮面试了，预录了一些学生，前一轮去面试估计机会大一点，这批人开始多了。你到底怎么想？你要是确认想去，我让余博士帮忙。"

江晓晓说："我本来跟刘昇计划了，考上就去，考不上就算了。真的没考上，心里很难过。觉得准备那么久，付出没回报似的。"

周欣理解江晓晓的心情，她才踏上陪读路，一切才刚刚开始，以后陪读日子要远比现在艰难得多，周欣想还是先给她打预防针。她说："准备这点时间就辛苦啦，为了豆苗考民办，从幼儿园开始，就没有过周末了。跟你说，上了小学更是不归路。九年义务制教育，学校完成义务，教育基本靠家长了。"

江晓晓说："豆苗不是学霸吗？还要继续陪读？"

周欣说："什么学霸不学霸，小孩子天性都一样，好不好都是考验家长耐心，家长有多认真，孩子才能多认真。你先想想好，到底是上还是不想上？托关系找人都需要时间。"

江晓晓说：“还真没想好。”

挂了电话，江晓晓心情似乎没那么失落了，按周欣的分析，考不上很正常，90% 的孩子都不会考取。想做那 10%，太难。

星儿的第一次民办学校面试以失败告终，这仅是一次预演，5 月初，才是全市民办学校集中面试的日子。江晓晓之前中意的两所学校，一所外区安安外国语小学，一所本区的苑玉小学，都已经明确表示只招收第一志愿，摆在面前最为现实的问题是，到底报哪所？

这时，办公桌上电话响起，学院办公室主任打来的，他带来一个令江晓晓兴奋的好消息，海大附小给学院一个名额，一共收到 3 个孩子的入学申请，根据职称、入职年份、课题项目等因素综合打分，江晓晓排第一。

对江晓晓来说，她可以安心带星儿去冲民办，考不取，也有海大附小保底，她再也不用担心上对口的金普小学了。

接完电话，趁办公室没人，江晓晓手舞足蹈好一阵，这算天上掉馅饼还是雪中送炭？她想起她的同事说找黄牛花钱上海大附小，应该没那么夸张。他们学院很公平，她不知道综合评分都有哪些指标，怎么打分的，谁打的分。反正，除了正规路径，她可没去找任何关系。

21

终究，还是“对口”

最终，民办小学的第一志愿，江晓晓果断地选择了安安外国语小学。这个学校除了操场小、校园小，没啥毛病，寸土寸金的市中心，操场虽小，价值上亿。这句话是去学校面试，校长说的。

当时，学生都被老师领走了，家长被安排在报告厅听校长的讲座，刘星尔是下午三点那一场。家长只能到报告厅边听边等待。校长是一位70多岁的老太太，精神矍铄，声音洪亮，她跟家长说:“别看你们年轻，精力却未必及得上我这个老太婆，这是我今天第7场讲座。”下面掌声雷动。

老校长说："我们校园不大，但我们的世界很大，我们跟全球20多个国家的学校缔结了友好学校……"大屏幕上的PPT播放着安安外国语学校的孩子与全球孩子交流的照片。江晓晓当初来拿开放日报名表，还狠狠鄙夷过这个学校巴掌大的操场，听着校长慷慨激昂的介绍，什么每个学生学一样乐器，全外教授课等，江晓晓觉得自己当初的鄙夷实在鼠目寸光。她默默祈祷，星儿一定要好好发挥，这个学校实在太好了，你要争气考进来。

一个小时的面试结束了，接上星儿，还没等江晓晓开口，星儿说："我考你一道题，你肯定不会。"

江晓晓说："你们刚考的题，快说说看，让妈妈做做。"

星儿说："一根绳子，当中剪一下，变成几段？"

江晓晓快速回答："两段。"

星儿接着问："把绳子对折，再在中间剪一下，变成几段？"

江晓晓故意说："四段。"她想看看星儿是不是答出来了。

星儿不紧不慢，说："我就知道你不会，应该是3段。我答对了，这道题老师给了我A。"

一听说A，江晓晓心里有数了，这个学校是通过打A、B、C这样的等级来区分孩子成绩的高低，她趁热打铁地问："那你得了几个 A 呢？”

星儿说：“我也不知道，我好像还有一个 A+。”这又把江晓晓搞得一头雾水了，有了 A+，是不是还得有 A-，本想从星儿得几个 A 来判断她的发挥情况，这下又无从下手了。

江晓晓又忍不住追问：“你就先告诉妈妈，面试的题你都会吗？都答出来了没有？”

星儿说：“都会，很简单，都答出来了。还问我矿泉水瓶有什么用途。”

“那你的答案是什么？”

“可以做花篮，我们幼儿园老师教过。”

“除了这个答案，你还说了其他答案吗？”

“没有，要说那么多干吗？”

江晓晓要晕倒了，这可是典型的发散性思维题，答案越多越好，回答越有创意越好。

幼升小面试就这样，测试孩子们的综合素质，各种能力都要培养。微信群里的家长开始发从孩子口里抠出来的各种对面试的回忆版本，有心的家长把这些零碎的题进行整合，一套完整的面试题就出来了。江晓晓对着面试题，又忍不住问星儿：“有小朋友说还考了一道题，播放很多不同画面，让你们说记住几种。你记住了哪些？”

星儿说：“你一直在不停地问，我都累死了，你可不可以给我买个冰淇淋。”

江晓晓赶忙讨好地说：“好的，前面地铁站就有麦当劳，还可以给你买个薯条，你一边吃一边把面试情况告诉妈妈好不好？”

星儿点头表示答应。江晓晓也没有问出个所以然，从星儿对自己得几个 A 都搞不太清楚的情况看来，江晓晓初步判断面试成绩很一般。小孩子老早学会了报喜不报忧，拣好的说，不是为了讨好大人，而是为了少挨批评。

可怜天下父母心，这样的日子终于挨到自己了，你考试，比你着急的是你妈；考好了，比你高兴的还是你妈；考砸了，比你伤心的依然是你妈。从此以往，牵肠挂肚，每个阶段都有新的操心事情，没完没了。

带着星儿乘地铁回到家，快晚上 7 点了，餐桌上已经摆好饭菜。奶奶说：“大乖乖星儿回来了，面试怎么样，我家大乖乖肯定考得上。”

爷爷在一旁说：“星儿一定饿坏了，爷爷给你做了最爱吃的红烧排骨，赶紧洗洗小手吃饭了。”

10 个多月的阳阳坐在宝宝椅上不停往上冲，对着姐姐咧着小嘴啊啊不停。全家围着餐桌坐了一圈，刘昇说："回来这么晚，星儿要是考上，每天乘地铁上学啊？"

江晓晓面无表情，说："搞得多纠结似的，要是考上立马搬家。"

刘昇有点讥讽地说："搬家？怎么搬？请问你去租还去买？那个地方，租个两房都要 1 万 5，房价 12 万一平方。"

江晓晓说："压根就考不上，你不用操闲心。要是星儿考上，2 万都去租。"

一家人围坐一桌，本该其乐融融，突然横亘着一场未知结果的面试，怎么都压抑。

自从刘昇得知星儿可以上海大附小，就不那么乐意让她再去考什么民办，尤其是安安外国语学校，虽说都在市中心，从家到学校满打满算要近一个小时。

爷爷奶奶吃着饭，不置可否，他们的意见是一代管一代，他们只能发挥余热，能帮衬多少就帮衬多少。阳阳口水哗啦啦，一只小手还指着桌上的红烧排骨，哼哼啊啊表示要吃。

那副样子很好玩、很可爱，星儿也曾这样，那个时候，江晓晓都能毫不嫌弃把星儿嘴巴里吐出来的饭吃下去，一点都不会觉得恶心。当了妈，女人的变化让自己都无法想象，从女神变成女神经，一会儿忧一会儿喜。这一刻，江晓晓多么期待孩子们不要再长大，大家都停在这一刻，她做快乐妈，孩子们做无忧娃。

成长却以摧枯拉朽的速度进行，真是愁养不愁长。

第二天，民办学校开始陆续出通知，终究没有收到任何消息的江晓晓倒没那么失望，也许之前有了一次热身面试的打击在先，而微信群里看到录取的信息也寥寥无几。落榜，是大部分孩子的命运，星儿也不过是其中的一员，这样一比较，江晓晓心态很平和。

跟星儿一起上培训班的同学，那个有着中科大少年班爸爸的孩子同样一无所获。不是孩子不优秀，而是优秀的孩子远远多于招生的名额。

幼升小的面试，到底是怎样的一种规则游戏，谁也说不清，能说清的人也不会跟你说清。每个择校家庭有每个家庭的故事，任何人都是个案，不可复制。

幼升小的面试充斥着太多的偶然性，越往后公平性会相对高一点，也许这就是应试教育饱受诟病这么多年，依然无法做彻底改变的原因，至少分数面前可以人人平等。纵使再有关系，中考成绩不济，让孩子去读四大名校肯定不行，没有足够的实力去这种学校会出人命。

每个家长的内心都在渴望这样一种公平。他们惧怕的不是竞争，惧怕的是暗箱操作。可中国这种人情社会，公平永远都是相对的。

还好，江晓晓庆幸自己是海大的老师，还能有个海大附小作为星儿保底的学校。这么多年兢兢业业工作，做课题，承担项目，任劳任怨，勤勤恳恳，自己这么优异的表现对星儿获得海大附小就读资格做出了很大贡献，星儿也算是拼了回妈。

银行贷款终于顺利地审批下来了，按流程过了户，后面只要等房产证出来，交给银行，银行放了款，这场交易就结束了。江晓晓最发愁的两件事就这样圆满地解决了。过程很焦虑，但好多时候，是不是自己吓唬自己，一切也没想象的那么恐怖，做一切能做的努力就够了。

江晓晓跟刘昇商议，趁星儿幼儿园毕业了，全家一起出去旅行。当江晓晓心无旁骛地研究各种旅行信息，一场突如其来的变故直接把江晓晓再一次送进了无底深渊。任何事情没到最后，就不知道会有什么意外发生，就像生孩子，计划永远赶不上变化。

上好课的江晓晓又在旅游网上查询信息，她想全家去日本，比较近，她跟星儿讲这事，星儿问她："那日本还有没有日本鬼子？如果有，我坚决不去。"让江晓晓哭笑不得。

她想要不就改去韩国，正在她查看的时候，苏菲进来了，表情很严肃，江晓晓看着她，心里狐疑地想，那个招牌笑容去哪了？原来苏菲还有不会笑的时候，真难得。

这个同事，她不喜欢，来学院两年，各种钻营。面上永远笑眯眯，实际就是一只笑面虎。

苏菲拉了张椅子，靠近江晓晓坐了下来，感觉要跟她促膝长谈一样，江晓晓想着，我跟你有什么好聊？还没等江晓晓开口，苏菲倒是先说了："晓晓，你看你福分好，儿女双全，在上海有两套房，老公挣得多，对你又好。不像我，当时就觉得海大名声好，稀里糊涂就来了，才发觉上海房价这么高，我把老家一套别墅卖了，想在单位附近买个 70 平方的房子却连首付都不够，学区房就更别想了。"

江晓晓当然隐约了解一点苏菲的情况，她来海大快两年了，原来在外省的一所高校。当然，两年的时间不长，可她招牌的笑容已经成为他们学院最闪亮的名片在全校招摇。只是江晓晓搞不懂，她莫名其妙来跟自己讲这些干什么。

江晓晓说："苏菲，你怎么想起跟我讲这些？你有什么事吗？"

江晓晓想传递给她的信息是，她们之间只是一般同事关系，还没熟络到可以相互拉家常的地步。

听完江晓晓的疑问，没想到苏菲一下子泪眼盈盈，说："晓晓，我跟你说了，你可千万别恨我。学院只有一个读海大附小的名额，本来是给星儿的，学院考虑到你家条件比我好，把这个名额给我儿子了。我听说星儿一直准备考民办，我想，星儿那么聪明肯定会考上，用不到这个名额。你家也有房子，即使考不取，也有对口小学读。我家还没房子，上不了海大附小只能被统筹了。"

太令人震惊了，江晓晓怒不可遏地站了起来，她感觉苏菲就像一个躲在隐蔽处的恐怖分子，对自己的情况了解得一清二楚，而站在明处的自己却像一个大傻瓜，束手就擒，等着她的机枪来扫射，气绝身亡，血流一地。

江晓晓突然像一头咆哮的狮子，拿起一本书狠狠地对着苏菲砸了过去，大声喊道："你不可以这样做，你太无耻了，你太不要脸了。"

一本硬邦邦的工具书直接砸中了苏菲的额头，旋即一块很大的混着红色血丝的淤青在苏菲脑袋上出现了。

苏菲依旧眼泪哗哗，手本能地捂着自己的额头，装出一副可怜兮兮哀求的模样。江晓晓的尖叫声引来了隔壁办公室的同事，包括学院办公室主任苏老师。

看到苏老师，江晓晓一把拉住他："苏老师，是你给我打电话，是你告诉我，海大附小这个名额是给我女儿的，现在苏菲告诉我，这个名额给她儿子了。这一切到底怎么回事，我找谁要解释？我女儿没有考上民办，我家对口的就是一很差的学校，我们也没学上！"

苏老师赶紧打圆场，让其他老师带苏菲离开，苏菲还是一副柔弱的样子，连声跟江晓晓说对不起。江晓晓不依不饶地挡住了她的去路，愤怒地说："我不要你道歉，你不要再装了，你给我解释清楚，这一切是怎么发生的？你让我死得明白，可以吗？你做的那些卑鄙事，我都知道。你未经我允许直接把我论文就发表了，我原谅你的无耻，我觉得我自己可以努力再写，但是你怎么一声招呼不打就抢了我女儿的读书名额，你也是做妈的呀？"

说着，江晓晓呜呜咽咽地哭起来，苏菲挤过人群离开了。院里的同事谁也没见过江晓晓发这么大的脾气。也许，这个时候她确实不是那个温文尔雅的大学老师，而是一位母亲，母亲会有本能，本能地想要去保护本该属于她女儿的一切。

看着她一路成长，待她如父亲一般的导师听到动静走了过来，让周围的人散去。导师走到她身边，轻轻拍了拍她。

办公室只剩下江晓晓和她的导师，江晓晓的眼泪还是不停往外冒，江晓晓想起去年，周欣对她说豆苗没学上的状态，越发难过。女儿报考民办小学一再失败，唯一的退路被人家拦腰折断，江晓晓越想越伤心，伏在办公桌上号啕大哭，如果刚刚鉴于人多，她还用理性克制着自己，这一刻，她实在是控制不住了。

望着爱徒伤心的样子，王教授心疼不已。当时学校提名他做院长他拒绝了，晓晓也很支持他的决定，从硕士带到博士，晓晓跟他越来越像，学风严谨，处事方法简单。可是在这复杂的社会里，总有人会逼你复杂。也许他做了院长，不说去徇私舞弊，至少能保证让晓晓享受到公平对待，可公平这东西，到底又怎么拿捏呢？

王教授当然看得很明白，苏菲不过是演一场苦肉计，而对于这件事，现任的院长是脱不了关系的，只是可怜了江晓晓，他该教会她据理力争，还是教会她妥协退让？王教授心里也没底，毕竟江晓晓往后的路还长。

师徒二人，相对无言。江晓晓也许知道导师的心疼，她擦擦自己红肿的眼睛，对导师说："我是不是有点失态了，别为我担心了。"江晓晓勉强地挤出一丝苦涩的笑容，倒是湿了导师的眼睛。王教授叹了口气，心想，总有人目无规则，肆无忌惮，可是人在做，天在看。

22

状况百出的贷款

不知道算不算做最后极不甘心的垂死挣扎，回家的路上，江晓晓拨打了黄牛的电话。她问人家还能进海大附小吗。黄牛责怪她这种家长怎么一点不负责任，周末都报名了，这个时候打电话还有什么用！

黄牛还挺有原则，他可以骗她能搞定，说不定她信了，白白掏 2 万块钱，最后就说没办成。但每个行业都有职业操守，江晓晓记得之前拍车牌，找黄牛，每个月拍不到，还给他们退 200 块钱，拍了一年，车牌没拍到，倒赚了不少。

公交车上，江晓晓无暇顾忌旁边有没有人，眼泪止不住，千家万户的灯光稀稀疏疏地亮了起来。车上人倒不算多，现在的人宁愿挤地铁。下班时间，公交车蜗牛一样前行。这趟公交车，让她把一生的泪水都流完了，这一年的日子过得，真是七上八下。

回到家，公公婆婆见到江晓晓红得跟兔子似的眼睛，吓了一跳，赶忙问遇到什么事了，江晓晓泛着泪花把学校发生的事情说了。

刘界爸爸听了摇摇头，说："你们都是高级知识分子，这样不是斯文扫地？晓晓，我当了一辈子教师，学生学习这东西，不能揠苗助长，你们也不要搞得太紧张了，读金普小学，离家近，接送方便，以后放学接回来，我教星儿。人生是长跑，要慢慢跑。"

刘界妈妈赶紧斥责他："别那套酸不拉叽了，这事又不怪我们晓晓，人善被人欺，让晓晓这么好的脾气都发怒了，肯定是那个苏菲太可恶了。"

晚上，刘界听完江晓晓在学校的光荣事迹，狠狠地抱着媳妇亲了几下，对江晓晓说："以后我表现好点，原来你还会打人，可不能对我家庭暴力哦。"

江晓晓委屈地说："我都这样了，你还嘲笑我。要是把她砸死了，你得去善后。"

刘昇说："别别别，还是安心过日子，我们这种有儿有女的人不跟他们一般见识。让你别折腾，发觉你为了准备这个幼升小，不仅亲子关系不和谐，连夫妻关系都不和谐。海大附小没啥好，公交车四五站，老人带个小孩，天天上下学，我都不放心，家门口学校，出门就到，安全，多好。"

江晓晓叹了口气，说："你也就剩心态好了。"

第二天去学校，苏菲的脑门贴了一块超级醒目的白纱布，似乎要告诉全学院的人，江晓晓有多坏。后来，学院贾院长神奇地来看望江晓晓，让她始料不及。

贾院长对江晓晓说："今天来上班，才知道昨天发生的事，大家当时情绪激动，发生点争执也在所难免，过去就让它过去了。原来综合评分你最高，但苏菲确实跟院里反映过困难，还哭得很伤心，我也不太了解现在孩子上个学这么难。本来我想抽空找你说一下，没想到她先来找你了。院里把这个名额给她主要是从全院和谐的角度考量……"

江晓晓听着贾院长满嘴的冠冕堂皇，本能地屏蔽了他所说的内容，对于这种不平等的对话，听多了真是百害而无一益。可人在屋檐下，不得不低头，江晓晓也只能敷衍而违心地说："我理解您说的，学院也有学院的难处，我没什么意见，谢谢贾院长。”

苏菲哭诉就能哭来个名额，会哭的孩子有奶吃，这些俗语也真是有道理。

贾院长接着说：“晓晓，你别担心，我得到个最新消息，金普小学要改名成海大附小分校，直接由海大附小校长去挂职，今年其他学院也都有类似的反映，名额少，孩子多。确实，海大附小都不让海大老师的教工子女入读，那让老师怎么安心教书做学问。”

这真是个好消息，不过江晓晓心里想，这么好的消息，你怎么不去跟苏菲分享，让苏菲家儿子去读呢？不过，院长都这么给面子为这点小事来解释，自己也不能不知好歹。当然，院长也许是给她导师面子，可谁知道呢？

经过星儿幼升小的波折，江晓晓想还是学区房靠谱，她想着等房屋过户，手续办好，立马把两个孩子的户口迁进去。

房产证出来了，他们交给银行，可银行却迟迟不能放款。买个房一波三折也就算了，货个款也能状况百出。3 月 25 日新政出来前，成交了太多的房源，银行根本就没有那么多现金。上家多次来电话，问进展，江晓晓也甚是无奈，银行的答复永远是再等等，鬼知道等到什么时候。

上家说他们如果过了交款的期限，要交滞纳金一天2 000元，可不是小数目。

刘界说："要不抽个时间去一次他家，当面解释，这样也许他们心里好过一点，银行现在就这个情况，也不是我们的错。"

江晓晓有点担心，说："如果让我们赔偿滞纳金怎么办？"

刘界说："不要去提这事，我们又没有签过任何协议说要赔偿！"

江晓晓和刘界某天下班买了一些水果去看望了上家，情况也还好，两口子通情达理。江晓晓说："实在很不好意思，这个新政一出，银行要办理的贷款太多了，我们运气还算好，贷款批下来了，我有个朋友办的贷款到现在都没审批下来，要急死了。"

上家王先生说："我们也理解，签协议的时候就说过，只要保证最后一笔钱到款时间就行，我这边借的高利贷，拖欠一天，就要交2 000元！"

上家买的是拍卖房，比市场价低很多，可必须要全款付，借了200万高利贷周转。

刘界忙岔开话题，说："明天，我跟银行小陈约一下，看看到底什么时候能放款，确认时间立马给您打电话。"

双方都还算有诚意，再说房子已经过户了，房产证都下来了，他们就是爱理不理，上家也没办法。至少江晓晓两口子还登门表达歉意，也算不错了。王先生当然明白，这个时候逼着别人交这滞纳金似乎也不妥。

第二天，刘昇约了银行小陈，但公司突然有事走不开，只能让江晓晓去问问情况，看到底要等多久。江晓晓异常焦虑，可千万不能再出什么岔子，折腾个民办小学，一无所获，这个学区房可不能再发生意外，儿子的保底小学，女儿的保底初中都指望它了。

赶到银行，见到小陈，江晓晓询问放款还要多久。小陈回答：“这事情还真不好说，银行没钱，太多人等着放款，你要实在太急，只能去总行哭闹。”

不知道这是玩笑还是打发，江晓晓想哭闹也能起作用，她立马去哭，这阶段发生的事，随便拎出一件，都可以让她泪腺打开，泪水汩汩而出。

既然是个办法，有没有用都要试试，实在等不及了。在去总行的路上，她想着这一年真是翻天覆地，自己平静的小日子一去不复返了。

来到总行，工作人员很客气地询问她要办什么业务，她说她贷款迟迟放不下来，来问问情况。她被安排到四楼接待室，才发觉接待室已有很多人，坐着的、站着的，叽叽喳喳都在议论。

江晓晓做好了哭闹的准备，她扫视了周围，认为自己压根就不是别人的对手，哭或者跪，也是一种能力，江晓晓做不到。

她不禁想，生活真是活色生香的大舞台，各色人等，轮番上场。不是当了妈，她估计还沉浸在自己单纯的学术世界里，真没机会见识这副全新的景象。

这一年，她像一个稚气未脱的少年，跌跌撞撞地进入了成人的世界。她更相信人之初、性本善，是后来的社会化进程让人的这份善良慢慢磨灭，说不定哪一天自己也变得八面玲珑、圆滑世故。

挨到江晓晓了，进了咨询室，工作人员脸色阴沉，每天要负责接待那么多人，但大家都是到了万不得已，才跑到总行来的人。

江晓晓的脸色一定比工作人员更阴沉，不放款，每天 2 000 元，虽说没签赔偿协议，可以耍无赖，可这总是个要命的事，时刻横亘在脑子里，一刻都不得轻松。

江晓晓说，我需要一个肯定的答复，到底多少天才能放款，我们上家借的高利贷，过了还款日，一天 2 000 元，这可不是闹着玩的。她的语气焦灼，或者一个晚上的半睡半醒也让她疲惫，或者想起了这大半年各种糟糕的事，她哭了，她真的哭了，哭劲来了，都不用挤眼泪，哗哗往外喷。

银行工作人员调阅了她家贷款材料，说："一个月内能放款。"

江晓晓头摇摆得跟拨浪鼓似的，说："那太久了，不行的，你告诉我还有什么办法，他们家借的高利贷。"

会哭的孩子有奶吃，这话真是应验了，江晓晓并有抱太大的希望，她计算过，最坏的结果就是再等一个月，6 万块钱，上家实在胡搅蛮缠要他们赔，就认了。

没有拖到一个月，20 天后，银行放款了，这 20 天，江晓晓是数着日子一天一天过的。她担心上家要求赔付的事情也没有发生。也许上家掂量过，像他家那房子，放到新政后，说不定更难出手了。

金普小学改成了"海大附小分校"。江晓晓在小区的通知栏里看到新校招生简章，还是很满意，不知道是不是改了校名，学校招生的要求一下子提高了不少，明确要求对口的几个小区入学孩子必须户籍满两年，统筹部分只接收海大教职工的子女。她一直不情愿女儿去上的对口学校似乎一下子成了香饽饽，也不是想进就能进了，这算是给江晓晓一个安慰。

这个学校一个班40人，不多不少，学校也有偌大的操场，星儿在这里从小跑到大，很有亲切感，不用舍近求远，这样也挺好。

幼儿园的毕业典礼安排在区少年宫报告厅，星儿大班下学期选进了舞蹈队，刚在全区的舞蹈比赛中获得了一等奖。进了少年宫大门，星儿说："妈妈，妈妈，我们上次就在这里参加舞蹈比赛，待会儿毕业典礼要给家长表演。"

江晓晓说："哇，太好了，妈妈带了相机，给你多拍点照片。你们幼儿园还邀请妈妈作为家长代表上台发言呢。"

星儿说："那你紧张吗？"

江晓晓说："你老妈我是大学老师，天天在台上讲话，怎么会紧张。"

看到星儿跟其他小朋友一道表演舞蹈《鱼儿轻轻》，江晓晓一张照片都没拍成，她被感动得眼泪稀里哗啦，一旁刘昇打趣道："不会吧，江大宝！"

会的，当妈的可能都受不了这煽情的场面。四年了，"小本科"毕业了，台上的小朋友倒是表演得很欢快，而台下好多妈妈都已泣不成声，爸爸们不懂，这块肉是从妈妈身体里掉出来，谁掉谁心疼。

表演结束，江晓晓作为家长代表上台发言，她擦了擦眼睛。想着要好好地感谢学校、感谢老师辛勤培养，要把套话说好。

她上台，一位小朋友代表给她献了束花。她走到话筒前，把花束搁在了旁边的桌上。她觉得自己情绪稳定，吧啦吧啦地说了一大半，进入煽情部分，当她说："……我不知道刘星尔即将进入的小学是不是她最想去的学校，但我知道，她即将离开的幼儿园是她最不舍的地方。不得不说再见，再见了，同学们，再见了，老师……"

说到这里，江晓晓一下子哽咽，不管找多少理由，星儿幼升小的失利已经成为一种隐痛，在江晓晓心里生疮化脓。星儿不懂，这个小学绝对不是江晓晓努力那么久想要的结果，可是作为一个母亲，她除了接受现实，也别无他法。

星儿没心没肺地对幼儿园说再见了，江晓晓两眼通红，泣不成声，毕业典礼结束，星儿非常嫌弃地对江晓晓说："妈妈，你太丢人了，你为什么哭呀？同学都对我说刘星尔妈妈哭了，难看死了。"

江晓晓反问："妈妈哭怎么了，很多妈妈都哭了。要跟老师再见了，你为什么不哭啊？"

星儿说：“我要读小学了，我就是大孩子了，大孩子怎么能像小孩子一样说哭就哭呢？”这回答让江晓晓很无语。

江晓晓想想也是，她都不记得自己哪一次毕业哭过了，大学毕业，吃散伙饭，很多同学抱作一团，哭得昏天黑地，她没哭，她要留在学校继续读研，也许对她来说还不算毕业吧。而且最至诚至爱的好友周欣也不会离开，就更没有哭的理由了。

想起周欣，江晓晓心里就暖暖的，不管有多久不联系，想起来就会感觉温暖，也许这就是友情。江晓晓想一切终于可以消停了，她要约周欣出来吃吃饭逛逛街，她甚至想以后不管多忙，一定要跟她定期聚一聚，再不多约约，大家就都老了，奔四的人生，日子总是很快，哪像以前，总觉得有挥霍不完的青春。可是江晓晓不知道，她的这个愿望可能永远只是一个奢侈的愿望。

23

任何年纪都可以重新开始

大多数男人睡了女人，会提起裤子立马走人。责任，负起来太辛苦，多少的恩怨纠葛，都因责任而起。余博士却像另类，他是睡了就要对你负责到底的人，这一点着实让周欣惊诧。迎接新年的那一晚肌肤之亲，成了他美好的回忆，在余博士的内心挥之不去，任何忙碌的间隙，他都愿意花一点时间去回想，去重温，他似乎又把她睡了上千次。他搞不清楚他迷恋的是她的身体还是她的灵魂，他觉得她像个谜，把他深深地吸进去，让他欲罢不能，无法自拔。

两个多月了，他给周欣发的任何消息，都没有收到一丁点反馈。他一点都不失望，他坚定地相信，那一晚的美好是他们共同完成的，绝不会是他自己的一厢情愿。身体的触碰中，涌动的是爱。只是有太多现实的阻隔，让周欣不敢来爱。她不回消息没关系，他相信她一定会看，培养一个习惯得慢慢来，这样的年纪，他已经不会着急了。

没有任何互动，余博士却找到另外一种爱的表达方式，他把她发表过的论文一点一点地翻译成英文。这个过程居然变得曼妙无比，他想象着她写论文查找文献时的专注，他想象着她整理数据时严肃的表情，他想象着她论文投到编辑部信箱之后的焦急等待，他想象着她看到论文发表之后满脸的欢喜。他的想象越来越鲜活，他臆想中的那个她也越来越立体，越来越美丽。

男人的爱有时候是倒过来的，他会先迷恋女人的身体，进而迷恋女人的灵魂，余博士觉得自己也不例外。

余博士的预判是对的，周欣爱他，就像他迷恋她一样，她也很迷恋他。可有情人终成眷属这件事不靠谱，她想要爱，但她不想要负担，因为自己不是 18 岁，三十好几的人，她不能瞎逞强。年纪大了，要着急吧唧地把自己嫁出去，离婚了却没人逼着你一定要二婚。

每天清晨，余博士的微信就像闹钟，准时出现，不谈爱，只说天气。让她注意这个、注意那个，内容貌似都是余博士一个字一个字写的，不是从某个地方直接复制粘贴。周欣看了也不回复，久而久之她倒真习惯了这样一条清晨微信。

有人爱，到底是不是一种幸福？周欣觉得这个问题不好肯定回答，当然也不好否定回答，余博士给的这份爱，她还是觉得很幸福，很享受。只是她觉得余博士有些高不可攀，她没有足够把握去维系彼此的关系，她并没有安全感。她觉得她和余博士是两条平行线，永远也不会有交点。她怕她一接受他的感情事态就会失控。或者她的内心害怕再次被伤害，所以宁愿用厚厚的茧把自己裹住。

突然有一天，清晨的微信并未如期而至。周欣醒来，拿起手机，习惯性地想看看余博士又报告怎样的天气信息，才发觉没有信息。周欣不知道发生了什么，上班有点心不在焉，她想主动发条微信，却觉得自己已经坚持了那么久，想想还是算了。她翻看着余博士每天发的微信，心里很暖。

2016年的这个春天，周欣是在余博士的问候微信中开启每一天的，日子似乎天天都是崭新的，花开了，马路两旁的叶子绿了，春天总是那么生机盎然，春天真是美好的季节。

一条条微信，周欣一条都没舍得删。

“今天温度有点高，最高温度25度，不过出门还是要穿件外套，傍晚可能会下雨，最好备把雨伞。”

“今天阴天，中度污染，出门最好戴口罩。到办公室多喝水。”

“今天风有点大，千万别冻感冒了，春天感冒会很头疼。”

“早上出门就会下雨了，还挺大，出门多带双鞋，以后办公室要多备一双，脚不要受凉。”

……

今天是晴天，周欣却觉得有点阴，她不知道余博士到底发生了什么。一整天，她有点失魂落魄。她突然想给他发条微信，告诉他，她很担心他。

拨弄了半天手机，她依旧没有发出只言片语，周欣觉得这个人好像一个影子，真实又不那么真实。在心烦意乱中结束了一天的工作，周欣想，一切都是浮云，还是赶快回家，晚上陪豆苗做作业才是正事。

收拾好办公桌，检查手机、钱包、钥匙、公交卡，确认无误，换鞋下班，这双鞋子是在余博士提醒下放在办公室备用的。

下楼，出大门，日子永远是这样两点一线，步行200米到地铁站，换乘两趟地铁，出站再走500米到家，阿姨基本已把豆苗从校车站点接回来，烧好饭。等她回来，阿姨也就下班了。这是她看得见的生活，天天如此，日子一成不变，唯一变的是孩子慢慢长大，自己慢慢老去。

但这一天日子却变了，周欣出单位大门右拐，居然看见了余博士，他非常绅士地打开副驾驶的车门，对她做了一个邀请的姿势。他穿了年会时候的那件衬衫，周欣觉得好熟悉，在她时不时的回忆中，台上那个发言的余博士总是闪闪发亮，那可能一直是她心目中最想要的男人的样子。

惊讶、惊喜、惊慌，百感交集，周欣搞不清楚什么情况，在他的盛情相邀下，她上了车。余博士轻轻地关上了车门，来到驾驶座。周欣开口了："你是要送我回家吗？"

余博士发动了车，说了句："不。"

周欣说："我家阿姨只是钟点工，我要赶回去，晚上还要陪豆苗写作业。"

余博士看了看身边这个令他朝思暮想的女人，充满爱意，说："放心，我都帮你安排好了。阿姨今天晚上会留下来陪豆苗，你担心的作业，我派了一个博士去，你觉得辅导一年级小孩会有问题吗？"

按部就班的生活被突如其来地打乱，让周欣有点无所适从，她忍不住追问："你想干吗？"

余博士说："我想要你。"

听到这句话，周欣有点喘不过气，她感受到扑面而来的力度，撞得她心都疼。这句话像是余博士早已准备好要对她说的，而且已经说了千万遍。

这是爱情吗？爱情也许短暂，周欣想，那我就放纵享受这短暂的爱情又有什么不可以呢？为什么一定要逼自己过中规中矩的人生？

车快速地行使，过隧道，从浦西到浦东，直奔那栋高层的公寓，那是余博士的房子，有了她，余博士愿意把那里称之为家。开门，一首生日快乐歌飘了出来，在房间里缓缓流淌，餐桌上摆放着蛋糕、蜡烛、鲜花、红酒，还有亮晶晶的刀叉。

周欣疑惑地看着余博士："今天，你生日啊？"

余博士用食指轻轻地刮了下周欣的鼻子，像久未见面的情侣："傻丫头，今天是你生日。"

周欣坏坏地笑了起来，今天不是我生日。余博士牵起她的手拉她到书房，让她坐在椅子上，自己拿起鼠标打开电脑的收藏夹，点开周欣的个人介绍。

余博士说："你看清楚了，这可是你们单位官网页面，3月22日，没错吧。"

周欣调皮地说："今天不是我生日，乡下孩子都过阴历生日。"

余博士说："没关系，以后这个生日留给我一人帮你过。"

周欣盯着电脑页面上自己的那张正装照，忍不住感叹，岁月是把杀猪刀，一晃10多年了，那是自己刚入职时候拍的照片。

余博士搂着她的肩膀，把第一个页面最小化，打开邮箱，他说："其实我有一个重要的生日礼物要送给你。"他点开一封邮件，全是英语，不过周欣基本也能看出所以然，大意是仔细阅读了你发过来的论文，觉得资料很详实，专业功底不错，如果想攻读博士学位，需要英语雅思成绩，等等。

周欣有点糊涂，余博士说，知道发邮件的是谁吗。周欣摇了摇头，余博士说："其实是谁并不重要，重要的是他初步有意愿接受你去读他的博士。"

余博士从抽屉里翻出一沓厚厚的论文打印稿，上面有各种批注。他把它递给周欣，说："你看看，是不是会感动，我把你的论文全部翻译成英文了，发给了那位教授，他在美国加州的一个生物学研究所，他对你的文章很满意。"

周欣一页一页地翻着，每一章都散落着余博士批注的痕迹，三个月，这个男人就在这张电脑桌旁把她曾经写的论文一点点翻译出来了。

周欣突然觉得很感动，表达爱的方式有很多，可以是红酒、鲜花，也可以是钻石、珠宝，余博士却把组成他生命的时间一段一段奉献给了她。她的眼泪开始扑簌簌地往下掉，她想在她仅有的三十几年的人生中，好像还没有谁对她好过，她佯装坚强太久，最后真的以为自己坚不可摧，可谁知道她内心的那些脆弱。

她像个可人的小女人，伸出两只胳膊吊住了余博士的脖子，似乎想要赖在他身上，长到他的身体里。余博士紧紧地抱住她，紧紧地，想与她余生相伴，再不分开。三个月，两个默默相爱的人，两个倔强的人，都对彼此做了妥协。

余博士用厚实的双手，擦拭去周欣眼角的泪水，这张沾满岁月风尘的脸庞在他看来却如此真实美丽，他忍不住去吻她的眼睛，她的鼻翼，她的唇，周欣本能地想要抗拒，身体却不由自主地想要被亲近，自从车上听到他那句“我想要你”开始，周欣觉得自己身体的每个毛细孔都在向外喷吐荷尔蒙，这样一个年龄阶段，欲望就像炽热的岩浆，一触即发。情爱是男人和女人值此一生都在寻觅的主题，有情有爱的两个人，不管是肉体的欢愉还是灵魂的碰撞，都是一种美好。他们就这样刚刚好，遇见了。

余博士在蛋糕上插上了数字18的蜡烛，他说："永远18岁。"

余博士接着说："你去读博士吧，我正好有一个去美国工作的机会，如果你愿意，我可以带你一起去，豆苗可以到那边读书，你安心读博，我会安排好。"

看着余博士的规划，周欣突然觉得依附男人生活也很幸福，或者说，从来就没有一个人帮她规划过人生蓝图。

周欣说："信息量太大，我要认真地想一想。"

她回到家，已是凌晨一点了，余博士开车送她回去的路上，紧紧地攥着她的手，生怕一松开，又会是三个月。临下车，他对她说："我发消息，你要记得回。"

周欣坚定地对他点了点头，既然爱情势不可挡地来，迷失又有什么不好，清醒地活了那么久，结果又怎样？

第二天晚上，陪豆苗写作业，周欣问："你想去美国读书吗？"

豆苗说："想啊，妈妈，我跟你说，我们班方亦然家在美国买了房子，她说以后要去美国读初中！"

“是吗，这个妈妈倒不知道。”

“是啊，她过年去了美国，回来还给我们全班同学带了巧克力。”

周欣想，豆苗迟早都要出去，早点出去又有什么不好呢？如果豆苗从小能在美国接受教育，会不会是一件好事？周欣想，如果按部就班地生活，人生一眼就望得到头，评了高级职称、混到副处，也就退休了。

一颗不安分的心蠢蠢欲动，周欣知道有点冒险，可是周欣突然想去体验完全不一样的人生。她倒不是想靠着余博士生活，她有一点存款，还有一套房子，房子出租每个月还有点收入。她想自己努力几年，把博士读出来，即使美国待不下去，她也能靠自己的实力回来找到体面的工作，养活豆苗和自己。

青春的美好其实不是年轻，而是在青春里有许多对未来的畅想，她想起余博士说的，把青春活成永恒，只要永远怀揣梦想，一生都是青春。

人生中总有太多的计划，人生中又总有太多的变化，相爱的日子总是阳光明媚，空气中都能开出花来。周欣想好了，她要离开上海，这个本该属于她又不属于她的城市，她想跟余博士商量，等豆苗一年级读完，9 月份就去美国。

这个变化和决定在周欣看来像做梦一样，可这又正是人世间的美好，总会遇到一些人，从陌生人变成恋人、爱人、朋友、同事。也总有一些人，变成讨厌的人，变成下辈子都不想再见的人。

24

理想的原点

不知道生命中到底有没有贵人这件事，也不知道真的有没有缘分这一说。对此周欣早就不相信了，这么多年的正统教育让她非常“唯物主义”。而余博士的来到，她似乎开始相信或者说愿意相信，余博士就是她生命中的那个贵人。他来上海工作的那一年正好周欣来上海读大学，一切如此巧合，一起在这个城市生活了那么多年，也许就是为了有这么一天遇见彼此，成为爱人。

搬家，从上海搬到美国，周欣想，得打包多少东西啊？她开始收拾房子，一个一个房间清场，一个一个柜子整理，她以为会有带不完的东西，弄到最后，也就两大箱，10 年生活，两个箱子就装完了。房子三室两厅，按市场价已过千万了，周欣忍不住感叹，自己当初决绝地来上海读书是对的，这 10 年，她什么都不干，房子的价值以每年 100 万的速度在增长，她之所以敢抛下一切，远赴美国，是房子给了她安全感和底气。

这套房子，不仅可以给她带来可观的房租收入，一旦真的发生什么紧急情况,也可以通过出售房子套现来给她生活保障。余博士再好，爱得再深，到周欣这样的年纪，她都不会那么义无反顾，她需要给自己留有退路，有人可依附很好，可她必须保有足够的独立性，让那份依附变得理直气壮。她必须确保这份依附不再了，也随时可以抽身退出。

离开这个城市，若说有什么舍不得放不下，也许只有江晓晓了，一切准备得差不多，她约江晓晓吃饭。看到江晓晓的一瞬间，周欣有点心疼，她说："你多吃点，别整天想着减肥，女人生儿子身体会亏，多补补，你现在好瘦。"

江晓晓双手摸了摸自己脸颊，说："瘦回来了，你气色倒挺好的。"

周欣很平静，说："9 月份准备带豆苗去美国读书了。"

这消息让江晓晓很吃惊，她愣了半天，有点没反应过来，她说："上次你要跟我细讲的事就这个吧？"

周欣说："对，我也纠结了很久，当时想找你说来着，不过我想你一堆事，就没打扰你。"

江晓晓顿了顿，说："跟余博士一起？"

周欣点了点头，说："我活这么久，一直都在为别人活着，特别想自私一点，为自己活，你说，再过几十年，尘归尘，土归土，人生不就是一场体验嘛。"

这句话，周欣像是说给自己听。

江晓晓理解周欣，却很难过，周欣是她的主心骨，以后遇到什么事，她不知道该找谁了。可她该支持她，祝福她找到了幸福。只是她需要一点时间来消化这个消息。

周欣说："你还要帮我忙，我把房子租出去了，到时候有什么问题，房客找的话，你去帮我解决。"

她把房产证等相关证件留给江晓晓代为保管。

江晓晓两眼湿润，接过文件袋，哽咽地说："这些小事情，没问题，你放心吧。"

又是一学年过去了，海大生物学院召开年终总结大会。会上，有两位老教授光荣退休，一位是江晓晓的导师。贾院长代表院里给他们颁发了荣誉证书，送上了精心准备的礼品，感谢他们把一生奉献给了祖国的教育事业。听着院长满篇套话，台下的江晓晓想着，院长到底什么时候开始不会说人话，只会说这种空话和套话了？怪不得她导师拒绝做这一把手，她明白导师就是不想这些场合讲这些话吧。他还拒绝学校返聘的请求，他跟江晓晓说，要到乡下去，过几年想过的日子。

一身正气，两袖清风，导师虽没给她留下一官半职，却告诉她要做好学者，要做大学问。

周欣要离开，导师退休了，两个人不是她的亲人，却比亲人还亲。这个夏季，注定是分别的季节，是伤感的季节。

校园里，很多学生穿着学位服，跳跃着或者剪刀手，他们要在这里留下青春。江晓晓想要多拍点照片，很多美好真会转瞬即逝，走出校园，要结婚成家，要买房子生孩子。

丽思食堂贴出了告示，暑期要开始装修，这个食堂离生物学院最近，她记得研究生期间准备公务员考试，有时候自习完，她就和周欣跑到二楼吃麻辣烫，杂七杂八乱点一通，热乎乎一大碗，放点醋、蒜，最没营养的食物，可就是馋，吃得无比美味。

她咚咚咚奔向二楼，她突然想再吃一次，她抵达二楼，才发觉一个个小隔间已停业，她还爱吃的河南拉面、米粉、手抓饼摊位……都已关了！

江晓晓一下子就哭了，所有人都要走，好端端的食堂，怎么突然要装修了？她站在空荡荡的二楼，像一个被丢弃的留守儿童，哭得委屈又无助。

周欣把一切安排好了，跟余博士说："带你去见见江晓晓，这个城市我唯一舍不得的亲人。"说起这个，周欣还是无限伤感，她的姑姑、叔叔，她的很多血脉相连的至亲都生活在这个城市。他们害怕见她，即使知道她已经来了上海，进了海大读书，也似乎生怕她会沾靠什么。

她能沾靠什么呢？她那么敏感、自尊，她根本什么都不会要。亲戚不走动，也就生疏了，即使在大街上遇见，估计谁也不认识谁。倒是周欣舍不得，她回老宅看过好多次，她认识她的姑姑，也认识她的叔叔，老宅只有她姑姑住，说是老宅，也就不到二十平方的房子，地段不错，却一直没拆迁，周围高楼林立，而那栋老楼，又矮又旧，阳光被挡死了，终年阴暗。估计拆了只能当绿化带，也就没人过问了。

姑姑家在二楼，她上去过好几次，楼梯是水泥，被踩了几十年，中间都磨出了凹陷，光亮亮的。她想爸爸当年也踩过，就从这里出发，到了遥远的东北。楼道里贴满了各种牛皮癣似的灭鼠小广告，电线乱糟糟的一团，有的裸露在外，极不安全。

姑姑在附近一个便利店当营业员，她会去那里充公交卡，一次500，姑姑还对她说：“姑娘，别充那么多，要是丢了，多可惜。”周欣总是说，天天乘车，用得快，省得麻烦。

姑姑发现，每次那个充卡姑娘一来，她家门口总会有很多东西，牛奶、酸奶或者水果。确实，那是周欣放的。

都说侄女像家姑，有一次，姑姑看到周欣又来，说总觉得她特别像一个人，想来想去，发觉特别像自己。确实，尤其眼睛，很长，眼角微微上扬。周欣没有太套近乎，保持点距离也挺好。

周欣想爸爸当年留在东北也没什么不好，回来又怎样？至少在那个北方的小城市，他们上海人的身份还是特别受尊重，这辈子也算过得有尊严。而她自己，心里装着上海这个符号，永远有无尽的学习动力，她想真要回上海，自己也不一定能考进海大。都是命！

约江晓晓吃饭的前一天，她又一次去了那里，那天，她没有充公交卡，她买了一箱水果，把装有5 000块钱的信封塞在了箱子里。她站在楼下，良久，看到姑姑回来，把水果端进屋。离开，有点感伤，这一走，自己说不好，下一步会怎样。

接到周欣的邀约，余博士特别开心，爱情除了两情相悦，到底在对方心中有多重的分量，主要看她愿意带你去见什么人。

他爱周欣，他愿意带她在阳光下，他会带她去见一切人，这种爱很明媚。

他们约在海大的学术交流中心，要了一个包厢。虽在海大校园里，倒是江晓晓到得晚，她看到余博士第一眼，就觉得很亲切，或许周欣认可的人，对她来说会有天然的亲近感。

江晓晓对余博士说：“周欣跟着你走吧，我特别放心。当然，也很嫉妒，感觉周欣走了，魂都没了，我遇到什么事情第一个想到求助的人都不是我老公，我有什么事，就想，问问周欣吧。”

余博士说：“这下更好了，你有什么事不仅可以问周欣，还可以问我，又多一个智囊。”三个人会心地笑了，这顿告别晚餐，吃得温暖、舒畅。

江晓晓居住的小区莫名地开始热闹起来，每天都能看到很多房产中介进进出出，金普小学变成了海大附小分校，海大的金字招牌，让敏锐的市场一下子沸腾了，对口的小区被炒成了学区房，又处于价值洼地，出来一套抢一套。

有天回家，她家对门要卖房子，楼梯口站满了人，她挤过人群，掏出钥匙，大家都以为是房东，江晓晓尴尬地朝另一扇门走去，想示意大家，她只是住对门。一位房产中介来搭话，说：“姐，可以让我客户去你家看下房型吗？”江晓晓拒绝了，开门进屋，哐当一声关了门。

学区房，江晓晓心里“呵呵”了两声，已跟她没关系了。她纠结的是：两个孩子的户口还有没有必要再迁走？

一年后，一阵急促的手机铃声吵醒了正在午睡的江晓晓，是周欣房子的租客打来的，她说：“江小姐，房子被法院查封了，不让住了。”

这怎么可能！难道周欣在美国出事了吗？她匆忙赶去，看到一张法院的传票，房子被抵押过，贷了300万款，半年期已到，若不还款，房子将会被拍卖。

一段糟糕的婚姻结束了，那个糟糕的人还在，豆苗的爸爸、周欣的前夫，把房子拿去抵押了，只是江晓晓不明白，房产证一直在她这里，跟她家两张房本压在了一个抽屉里，他们到底是怎么办的抵押？

她想，完了，周欣千叮咛万嘱咐的事情，她该怎么交代呢？

哎，上海的房子哟！

后记

我喜欢出发

记得一个周末下午，陪萱同学去上补习班，坐在教室后面，我又习惯性地掏出手机开始更新这部小说，写得正开心，课间休息了，萱同学朝我走来，一脸怒气。

她走到我跟前，义正词严地说："妈妈，你看你就知道刷手机，你看别的家长，人家都在认真记笔记。你不好好记，我听不懂，回去怎么跟我讲。"周围的家长听着萱同学小大人似的训话，都噗嗤笑了，搞得我特别难为情。

我赶忙把手机给她看，想要证明我是在用手机写文章，干正事。萱同学听都不听我的解释，撂下一句话："后面要认真听，要不我就把你手机没收。”扬长离开。看着她小小背影，我也笑了，这说话的口气、神态、语言组合，跟我吼她的时候一模一样。

不知道你们会不会相信，我居然用手机写出了这部 10 多万字的小说，在无数个陪读的周末，女儿在学习各种本领，我在吭哧吭哧地码字。断断续续写了快一年，终于写完了。当我把所有内容从手机导入到电脑，汇总成一个文档，满满的成就感，突然觉得自己的故事也好励志。我喜欢出发，做个行动主义者。

我是一位在职的二宝妈，大宝 7 岁，二宝 2 岁，自从有了俩娃，我的时间就被彻底分割了。白天，有忙不完的工作；晚上，雷打不动地陪读，陪完大宝陪二宝，等俩宝都睡了，自己也困倦得不行；周末辗转在各个兴趣班，终年无休。这种日子，当了妈，自然会懂。

在如此忙碌的生活里，我能挤出零零碎碎的时间写出这样一部作品，如果找一个合理解释，那就是爱好。是的，我喜欢写，我喜欢用文字表达，在故事中，我觉得自己更真实。现实中，有太多的角色需要我们去承担，我们被裹挟在这个时代里，为房子奔忙、为孩子奔忙，我们很累，可是又像陀螺一样，一刻不停地旋转。在旋转中，我们忘记了自己也曾经年少，忘记自己也曾理想飞扬，我们越来越活成了让自己都觉得陌生的模样。

这一年，我的内心充满了不安，有对青春不再的怅惘，有对中年来袭的惶恐，岁月一刻都不停息，时间过得飞快。“中年妇女”这个称呼成为妈妈们之间的一种戏谑，可我知道谁都不愿意真的去做那个中年妇女。

有天上班，骑单车到地铁站，匆忙放下，锁好。一个小伙子对我说：“阿姨，你摆放整齐呀！”我扫了他一眼，想着我有那么老吗？

我幸灾乐祸地想，哼，叫我阿姨，过几年等着其他小屁孩叫你大爷吧。

张爱玲曾写过，青春是不稀罕的，孩子会一个个被生出来，新的明亮的眼睛，新的红嫩的嘴，新的智慧。一年又一年磨下来，眼睛钝了，人钝了，下一代又生出来了。也许，一代代人就是这么过的，不管你愿不愿意承认，把上一代人拍死沙滩，他们下手不会留情。

我想，每代人总该留下他们那代人的故事。所以，我忍不住地写了这部小说，这里有我的故事，有我很多同龄人的故事。我们很平凡，一直活得真实而努力。对于一个非文学创作科班出身的人，我实在不敢把这样的一部小说称为文学作品，但这里饱含了我全部的热忱，主人公流过的泪，我都陪她一一流过。

我的很多同龄人，也包括我自己，我们一直循规蹈矩地生活，面对即将到来的中年，面对越来越多的人情世故，我们也不免彷徨、焦灼、无奈，甚至也不得不做着妥协。但是，保持努力，是我们永恒的状态。

一部小说结束了，这个故事还会继续。

写到此，想表达一下感谢。感谢我的老师，苏州大学徐国源教授，感谢我的同事，诗人编辑古冈老师，在书稿的修改中，给我提了很多专业的建议。感谢我的家人，总是为我扫除后顾之忧，让我安心写作。

最后，谨以此文献给20年前的自己，那个高中理科班爱码字、梦想当作家的小女孩。

2018年1月14日完稿于上海

图书在版编目（CIP）数据

魔都买房记/徐平著.-上海：上海文艺出版社.2018.5

ISBN 978-7-5321-6588-9

Ⅰ.①魔… Ⅱ.①徐… Ⅲ.①长篇小说－中国－当代

Ⅳ.①I247.5

中国版本图书馆CIP数据核字(2018)第077790号

发 行 人：陈　征

责任编辑：方　铁

封面设计：钱　祯

封面插画：马晓羽

书　　名：魔都买房记

作　　者：徐　平

出　　版：上海世纪出版集团　上海文艺出版社

地　　址：上海绍兴路7号　200020

发　　行：上海文艺出版社发行中心发行

上海市绍兴路50号　200020　www.ewen.co

印　　刷：常熟市华顺印刷有限公司

开　　本：890×1240　1/32

印　　张：7.875

插　　页：2

字　　数：128,000

印　　次：2018年5月第1版　2018年5月第1次印刷

I S B N：978-7-5321-6588-9/I · 5245

定　　价：39.00元